Roman-se

Obra do autor

Amor e seus múltiplos

Claufe Rodrigues

Roman-se

EDITORA RECORD
RIO DE JANEIRO • SÃO PAULO
2001

CIP-Brasil. Catalogação-na-fonte
Sindicato Nacional dos Editores de Livros, RJ.

R612r Rodrigues, Claufe
Roman-se: uma história de amores / Claufe Rodrigues.
— Rio de Janeiro: Record, 2001.

ISBN 85-01-06028-3

1. Romance brasileiro. I. Título.

01-0475
CDD – 869.93
CDU – 869.0(81)-3

Copyright © 2000 by Claufe Rodrigues

Capa: Tita Nigrí

Direitos exclusivos desta edição reservados pela
DISTRIBUIDORA RECORD DE SERVIÇOS DE IMPRENSA S.A.
Rua Argentina 171 – Rio de Janeiro, RJ – 20921-380 – Tel.: 2585-2000

Impresso no Brasil

ISBN 85-01-06028-3

PEDIDOS PELO REEMBOLSO POSTAL
Caixa Postal 23.052
Rio de Janeiro, RJ – 20922-970

EDITORA AFILIADA

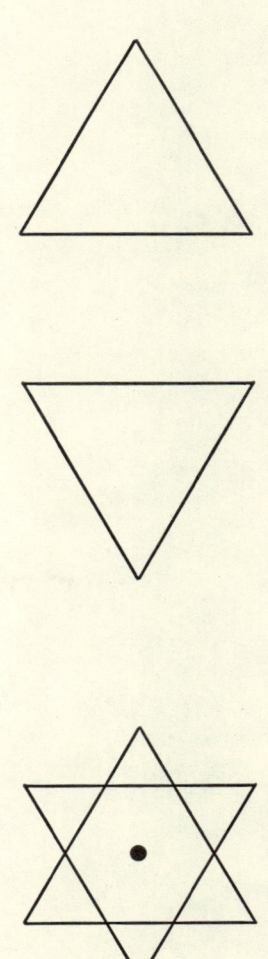

*para Shakti, a musa, estrela distante
que mora no coração da mente*

"Se meu espírito ficasse sempre acordado a partir deste instante, logo chegaríamos à verdade, que talvez já nos cerque com os anjos, chorando!... Se tivesse ficado acordado até agora, não me teria entregado aos instintos degenerados, a uma época esquecida!... Se tivesse ficado sempre com os olhos bem abertos, estaria navegando nas águas da plena sabedoria!..."

Rimbaud

Sumário

1. Amar é cada um   13
   (conhecer-se)

2. Havia lírios no jardim   75
   (conviver-se)

3. Mais um dia de chuva   119
   (escrever-se)

4. O sol e a lua   145
   (estranhar-se)

5. Só as nuvens são livres   209
   (aceitar-se)

CAPÍTULO 1

Amar é cada um

* * *

*C*om licença. Desculpe a interrupção. Tá me vendo estropiado, pé no chão? Nem sempre foi assim. Portas e pernas se abriam ao menor toque do meu charme pessoal. Fiquei rude em etiqueta, matemática, português. Sou o resto de ontem, esboço de homem no limbo do espaço-tempo, pátria de tantos porquês.

Me chamo Roman: R de rato, O de onda, M de mar, A de amor, N de ninguém. Já estive por cima da carne-seca, fui rei da cocada preta, senhor do castelo de cartas. Todo mundo vinha apalpar meus ovos com agrados de Páscoa. Eu era metido pra carácoles. Mandava na tarraqueta!

Na crista da onda, singrava os mares da bem-aventurança, imune a crises e abalos. Meu barco avançava firme e sólido, sem qualquer avaria. Nenhuma mudança brusca, na política ou na economia, poderia me atingir. Eu estava no topo do mundo! No entanto... Não podia imaginar que a tempestade viria embalada em calmaria: a doce, afável, circunspecta, culta, misteriosa e imprevisível Anette Burnnet. Um pássaro de fogo, do tipo que faz qualquer um perder o fôlego. E eu perdi meu rumo, ou achei, depois de tantos incêndios, naufrágios, ogivas nucleares? Quem não garante, no frigir dos bagos, que berimbau é gaita?

Olho as ondas afoitas, crispadas, indiferentes à minha sina. A quem fazer perguntas nas horas graves? Aos pássaros migratórios? Às estatísticas? Uma ova! Os céus me darão a resposta. O Senhor mandará notícias, sinais de fumaça, as nuvens pesadas da justiça. Sol, não. Nunca mais verei o sol, pelo menos nesta vida.

É tarde. Horizonte que se distancia...

Luz, preciso de luz!...

Se morresse agora não saberia se alguém me amou, ou se amei de verdade. Talvez o amor esteja na mente, e não no coração. Amor é estado de coma, sonhar sozinho a dois, mas hoje sei que só do amor pode brotar o verdadeiro êxtase, onde eternidade e finitude se completam, como uma moeda mágica. Posse plena e recíproca.

Não plantei um livro, não escrevi um filho, não gerei uma árvore. Fui menos que nada, piada, nenhém. Minha vida resume-se a um miserável zero a zero, circular e contínuo, redondo e morno, saído do forno do Inferno.

Cruzes, *hace* frio!...

Olhando em perspectiva, chega a ser incrível não ter reconhecido a tempo a ciranda dos acontecimentos, o motor de meus equívocos. Tudo tão previsível: em vez de trégua, egoísmo; no lugar de confiança, meias-palavras; onde está escrito respeito, por favor leia-se despeito, desatino. O companheirismo apagou-se em cinzas de silêncios. Conviver tornou-se doloroso ofício...

Talvez, na protuberância daquele monumentoso momento, eleito o queridinho da mídia, o *darling* das margarinas, não tenha percebido que Anette era apenas uma garota com medo de crescer, neste mundo selvagem e hostil. Eu estava na casa dos 30 e também morria de medo de crescer, mas, veja bem, enfrentava as paradas, encarava de frente o monstro branco da idade, suportava o tranco da vida.

Eu fui uma praga que se espalha, devorando prêmios, fama, sucesso; destruindo carreiras, mulheres, mercados. O que fiz de bom? Qual meu legado? O que deixarei para a Humanidade? Dezenas de peças publicitárias que esvaziaram ainda mais o pobre bolso dos coitados de espírito. Engodo e gado, eis o enredo.

Na gentileza dos meus verdes anos corri todos os riscos, badalei todos os sinos. Conquistei, saqueei, destruí jardins alheios com promessas de brisa. Era um belicista de motocicleta no altar da Virgem Maria.

Anette, ao contrário, se escondia por trás dos montes, como a lua. Banhava o espírito em águas profundas. Dependente, insegura, incapaz, arre! E que gênio, que teimosia, quanta...

Às vezes perco o fio, me enrolo, dou um rolê, mas faço o laço e passo adiante, arremato. Assim vou contando a minha história, no vento de outras histórias, na serpente do mar sem fim. Peço paciência, perseverança. Se o leitor quer voltar atrás, espero; se está com pressa, lembre-se de que mesmo a mais longa jornada começa no primeiro passo. De qualquer modo, um toque de imediato: este relato não é leite para crianças.

* * *

* * *

Tese: duas pessoas se conhecem numa dessas emboscadas da vida.

Antítese: amor e sexo, fome e vontade de comer, chuva sobre terra seca, bolhas borbulhantes espoucando em ávidos ouvidos palavras doces como alaridos de colibris.

Síntese: olho-cheiro-boca-língua-lábio-lábia-lirismo.

Então, em espiral, recomeçamos uma nova tese, e é assim que avançamos nesse breu de Nosso Senhor, tateando o destino entre paredes escorregadias.

O amor provoca a ilusão de que não estamos sozinhos nessa procura, que buscamos algo em comum, que um dia teremos direito a um palmo de paz nessa angústia de viver.

Quando amamos, o quadrado fica redondo, o céu encontra-se com o mar, as nuvens beijam as ondas, e espuma é tudo o que há. O amor, cego como um morcego, guia-se por um instinto ancestral.

O que é o amor: sentimento da moda, moeda de troca, fonte de renda, ciranda de roda?

Ao amar somos tocados por capacidades extraordinárias. Por amor, ergue-se uma cidade! Por amor, um homem pode ganhar dinheiro honestamente!...

No território do amor tudo acontece de graça, à vista e a perder de vista, sem intermediários, como num passe de mágica. No entanto, sejam dois, dez ou cem anos de convivência, estaremos sempre a sós, e desconhecidos.

A gente ama o que não vê. E a felicidade está sempre onde não estamos. Amar é ser bicho, no nicho da desrazão.

Aos olhos de Roman, acostumado a conviver com mulheres experientes, talvez eu fosse apenas uma franguinha insegura, perdida no mundo sem saída, precisando curar minhas ressacas de ócio com sexo, sexo e mais sexo. Eu estava cega de objetivos, deslumbrada e imatura.

Fomos fracos, frágeis e covardes. Indiferentes, descuidados, omissos. Tivemos a oportunidade nas mãos e a deixamos escapar, como um sabonete liso. Na trilha a dois sobraram sóis extintos, e as cinzas do paraíso.

Por que não dizemos um ao outro, simplesmente, como naquela canção: "adeus, amor, vou pra não voltar/ não queria, não suportaria/ mas as cidades me chamam/ para bem longe das coisas que amo"?

Estou me sentindo no meio do caminho, com vontade de chorar. E, de novo, a sensação de que fiz tudo errado, quando o mais certo era mesmo o errar.

Meu sonho, descoberto na noite por um salteador barato. Talvez nunca mais o encontre, meu sonho, largado em frangalhos no fundo de um rio sem fundo.

* * *

* * *

*B*ons tempos aqueles em que arriscávamos tudo por um beijo, um tapa na opinião pública, um projeto de desejo. Eu era um rebelde em campanha pela moralização da Propaganda. Criticava de público seus métodos, mas internamente remoía-me por não fazer parte do seleto grupo de felizardos que ganham mais de 50 mil por mês. Um dia chegaria lá. Estava perto. Passara poucas e boas, cometera coisas que nem em pensamento se admite. Tinha faro, sorte, instinto assassino. Só faltava um isto!, a alavanca com a qual moveria o mundo a meu favor. Seria um dos sócios majoritários da Opinião Pública S.A. Compraria aos magotes lotes de ações deste rentável negócio chamado Realidade.

Almejava galgar posições no *ranking* social, ocupar um lugar de destaque no seleto clube dos súbitos milionários. Para isso trabalhava diuturnamente, fomentando hipóteses, teses, antíteses, fazendo política de bastidores, vendendo-me como garoto-propaganda de mim mesmo, um Bill Gates paraguaio. Sim, um Bill Gates paraguaio, como a imprensa marrom me apelidou a princípio. Só uma boa estratégia de *marketing*, aliada a muitas bocas-livres, conseguiu dobrar o bom senso da opinião pública, esta quimera, espanando o comentário pejorativo para algum linotipo empoeirado.

Andava impaciente, na ponta dos cascos. Ergueria meu império! As circunstâncias da vida brasileira sopravam a meu favor. A Propaganda era o caminho natural, e por aqueles corredores finos e modernosos eu desfilava a largos passos, com desenvoltura e graça. Estava perfeitamente encaixado na profissão. Não me via fazendo outra coisa. Detectava, por instinto, as tendências do mercado. Meu lado predador uivava para a lua, como lobo faminto. Tinha tanta autoconfiança quanto um astro de futebol ao entrar em campo para mais uma decisão de campeonato. Chegava a ouvir o barulho da torcida a cada gol marcado. Também trabalhava como um louco. Ou vocês pensam que é mole triunfar no jogo sujo do *establishment*, com tanta gente no ora-veja?

Tive que engolir muitos sapos, comer brigadeiros em demasia, aturar uma matilha de gente esnobe, sem classe, pessoas cheias de certezas e cartazes e poses e posses e narizes empepinados. Arruinados e intocáveis. O *jet set* do *bas-fonds*. Tudo por um ideal: o dinheiro, e tudo o que ele proporciona.

E foi nessa roda-viva que conheci Anette.

Eu a vi assim que subi ao palco para fazer a mais explosiva palestra da minha fulminante carreira de publicitário: "O Papel Higiênico da Propaganda." Sucesso absoluto de público! Anette era uma pepita de ouro reluzindo na primeira fila. A pele clara e polida, o batom quase imperceptível nos lábios naturalmente encarnados, a testa de contornos tão nítidos quanto uma tarde de sol no Rio de Janeiro, visto do alto. Verões perenes iluminavam seus cabelos. O leve e pálido vestido, com flores discretas, ressaltava seu jeito meigo, disfarçando, mas não muito, curvas suaves e sinuosas encostas. O decote deixava escapulir sintomas de abismos e labirintos, trilhas e ilhas, enseadas, entradas e saídas. Exalava uma aura boa, aurora dos novos sonhos, sonoramente mantra no inconsciente daqueles dias. Fiquei "mobilizado", como ainda se diz em algumas rodas. Anette não era como essas louras aguadas, oxigenadas, ordinárias, bonecas infláveis, 24 Horas. Não: era legítima como um Four Roses.

Assoberbado de exótico e inusitado sentimento, desandei a falar como nunca. Sentia tudo novo e estranho dentro de mim. Cenários flutuantes formavam-se na embriaguez da imaginação. Canários cantavam boleros nas árvores ao redor do pátio. Estava encantado, em estado de graça, não sabia que podia existir alguém como ela, talvez apenas no cinema, e olha que conhecera várias atrizes, e todas ficavam melhor na tela do que pessoalmente. Como descrever seus olhos azuis como tuiuius, seus dedos povoados de estimas, sua estampa altaneira onde brotavam bananeiras febris?

Dessa vez era o amor vindo na garupa de uma moto, no galope de uma bomba, era a nova era. Ocorria uma transmutação em meu próprio ser. Tornava-me bom, compassivo, generoso e nobre só de vê-la. Aquela mina tinha que ser minha, nem que fosse na marra. Mesmo que o preço fosse a ruína.

Nunca defendi uma tese com tanto ardor. Usava argumentos de varejão para que a mídia pudesse assimilar o atacado do meu discurso. Caprichava na testa franzida e na sobrancelha arqueada ao dizer que "é só um exemplo, não precisa tomar nota, não quero ditar regras, o mercado pode ficar tranqüilo". O mercado... Naquele momento uma grande serpente crescia em meu peito, e seu nome era maldade. Meus sórdidos argumentos, arremessados contra o ar rarefeito das idéias contemporâneas, esmagavam rapidamente qualquer tipo de oposição. Eu tinha resposta pra tudo.

Anette anotava discretamente num caderninho simples e harmonioso cujas folhas evanesciam perfume de rosas. De repente, lançou no ar uma nuvem de pétalas:

— O senhor se lembra de uma campanha cretina que dizia: "Afinal, propaganda existe é para informar o consumidor"?

Fiquei perplexo, de queixo caído. Além de linda, charmosa, interessante, ainda era inteligente e sabia das coisas! A platéia também se quedou boquiaberta, como se o tempo parasse um instantinho para ouvir aquela balela.

Voltei-me para o plenário, e peguei pesado:

— Pergunto aos videotas aqui presentes: o que vocês aprendem vendo TV? A viver melhor, a trepar melhor, a passar melhor o tempo? Ah, o tempo é nosso pior algoz, o verdadeiro inimigo! O tempo é o quiabo, quer dizer, o diabo, escorregadio. Ninguém consegue passá-lo para trás. O tempo é o Protagonista. Ninguém desempenha um papel melhor que o d'Ele. E o tempo tem asseclas: o medo, a ignorância, a omissão, a acomodação. Mas televisão — e este é o nosso tema — não foi feita para pensar, e sim para entreter: enquanto o tempo passa, a realidade passeia, os problemas passareiam. Ficamos ali, no maior passaralho, fumando cigarros caros em carros maravilhosos, beijando as melhores gatas nos mais belos lugares do mundo, entupindo-nos de ilusões e sensações alheias, nutrindo-nos de carniça colorida, sem cheiro. Mas aquilo fede, sim senhor! Por isso, é preciso passar um papel higiênico na Propaganda!

No início do discurso o público ficou meio ofendido, mas da metade para o fim não resistiu à força da minha oratória e desaguou numa tempestade de aplausos. Catarse coletiva, desembaraço social. Alguns riram, outros comentaram baixinho. Valorizei a pausa ao máximo. Sapequei para Anette o melhor sorriso de que dispunha naquele momento, e continuei a vender meu peixe de praxe:

— Não sei como vocês agüentam tanto lixo. Levantem os traseiros da poltrona, dêem um pontapé na telinha!

O papo sempre funcionava. Dizia exatamente o que as pessoas gostam de ouvir mas não têm coragem de fazer. Eu era uma belíssima contradição, o espelho perfeito, em carne e osso, do que acabava de denunciar. Entretivera a platéia por umas dezenas de minutos, e durante esse tempo o tempo passou batido, foi só coadjuvante. Vislumbrei um futuro promissor escrevendo livros de auto-ajuda, mas até chegar lá teria muito o que aprender de escroqueria.

— Quanto à sua pergunta, Anette, quero dizer que às vezes esquecemos do simples e básico: propaganda existe para vender produtos. Se possível, com dignidade, honestidade e carícia, digo, perícia.

Na última blague já recolhia meus papéis. Habituadas a esse tipo de ritual, as pessoas começaram a aplaudir. Elas podiam não ter entendido nada, mas estavam satisfeitas de estar ali, participando de um evento *in*, batendo palma pra maluco dançar.

Alguns estudantes se postaram ao lado do palco, querendo me ver de perto. Lia em seus olhos inveja e admiração, e a indiscreta pergunta latejando em suas têmporas: por que eu, e não eles?! A metade daria a alma por uma dica, mesmo que fosse fria.

Dois ou três ganharam peito, pediram autógrafo. Um mais abusado puxou conversa sobre o tema da palestra. Eu arrumava tudo ligeiro. Sabia que Anette viria. Acendeu um cigarro e aproximou-se. Suas mãos pareciam carretéis, de tão enroladas:

— Roman, você tem algum trabalho publicado?

Levantei os olhos para esquadrinhá-la de perto e por inteiro. Caramba! Aquela mulher existia mesmo, estava ali na minha frente! Respondi cheio de charme, na bucha:

— Você não leu *Vendendo a notícia*, que escrevi quando fui jornalista? É um livro raríssimo. Fundamental. Está esgotado há um tempão. Eu mesmo não tenho nenhum exemplar.

Tudo cascata. Nas reuniões de trabalho havia aprendido a blefar bonito assim, na cara de pau. É o que todo mundo faz.

Coloquei nos olhos o sorriso mais puro que pude, mas ela pescou uma truta de lascívia. Compôs-se, meio sem jeito, as luzes acendendo-se sob as flores do vestido:

— Tomei uma decisão importante durante a sua palestra: vou abandonar a Publicidade. E vou parar de fumar também.

Atirou o cigarro ainda inteiro no chão e pisou em cima com o salto. Fiquei surpreso, eletrificado. Ela ia deixar um curso superior por minha causa, e mal nos conhecíamos! Tive até uma ereção. Ajeitei o espertinho no bolso enquanto falava à toa, pra disfarçar, mergulhando meus olhos em seus lagos azuis:

— Falta muito pra você se formar?

— Nada vai se perder... — E depois de um gracioso suspiro: — Melhor parar agora, enquanto tenho ânimo pra começar de novo, sabe?

— Eu gostaria sinceramente de lamentar, mas se tivesse uma nova chance também mudaria de rumo, ou de ramo, ou remaria contra a maré!

Rimos juntos, e meu corpo inteiro ficou leve como se tivesse acabado de sair de uma sessão de *shiatsu*.

— A propósito — disse ela, de súbito —, como sabia meu nome?

Respondi enternecido, segurando suas mãos num interminável aperto:

— Oh, amor! Quando vivi entre os apaches, me chamavam de "Olho de Lince". Enxergo longe: está na sua gargantilha.

Passei os dedos de veludo sobre a jóia de ouro, e Anette baixou os olhos, enrubescida. É a imagem mais tenra que guardo de nossas vidas.

* * *

* * *

O nosso álbum de fotografias. Esta guardo com amor, a imagem mais terna de nossas vidas: meu anjo da guarda, braços abertos, sorriso largo, olhos em fogo, cicatrizando minhas dúvidas.

Eu tinha abandonado filosofia, biologia, matemática e física, e decidira fazer publicidade. Raios! A cada hora minha bússola apontava para um norte. As decisões oscilavam ao sabor dos sentimentos, como barcos ancorados à chuva torrencial. Eu não podia ser considerada uma pessoa emocionalmente estável. Pelo contrário. E além de tudo era imatura, virgem de estradas.

O que procuro enxergar nessa foto, amarelada como as folhas do outono? Roman tinha qualidades, além do físico e da estampa. Era inteligente, experiente, bem-sucedido, e exibia a chama revolucionária dos que nunca envelhecerão. Talvez o amasse mais por seus defeitos que por suas perfeições. Eu era o peixe, ele o pássaro; abelha e pólen.

Hoje, nos olhos do meu amor vejo sangue, e entre os dentes afiados de sua boca há fiapos da minha alma. Seus braços mais parecem asas negras, as garras pontiagudas de gárgula tentando enlaçar-me num beijo eterno. Quanto de mim morreu nesses anos de tédio e desespero? O que restou de inocente e terno? Por que meus dedos estão trêmulos, e também parecem garras? Quem é o gerente dessa porra???

* * *

* * *

$\mathcal{D}$escolei seu telefone na tarde do dia seguinte à palestra, na secretaria da faculdade. Quando liguei, convidando-a para almoçar, ela disse que não podia. Nem jantar. Estava fazendo um doce. Com um pouco mais de pressão topou me ceder duas horinhas de seu precioso crepúsculo. Despedimo-nos em suaves sussurros.

Do alto do pequeno escritório na Avenida Rio Branco, observei um fragmento do sofrimento do mundo. A carnificina diária, o sol cremando carros e corpos. Em breve teria um andar só pra mim, com vista para o mar.

Peguei um táxi, para não ter que procurar estacionamento na volta ao centro da cidade. O Aterro transpirava uma beleza insólita naquele final de tarde. Enquanto o automóvel deslizava pelo asfalto, comecei a fazer um rápido balanço conjuntural da minha situação, procedimento ao qual ainda sou dado com relativa freqüência.

Vivia um momento memorável! A carreira ia de vento em popa. Era confete nas colunas sociais, arroz-de-festa em *vernissages*, o termômetro das reuniões intimistas. Os fãs pediam autógrafos, as mulheres ofereciam seus acarajés de pêlo, era reconhecido nos aeroportos e boates noturnas.

Fui interrompido nos devaneios pelo motorista. Confessou-se um fã. Disse que eu era um exemplo a ser seguido por gente como ele. Depois pediu autógrafo (para a mãe, a irmã, os sobrinhos) e ainda ganhou uma gorjeta de dez reais.

Saí do carro já arrependido de tanta generosidade. O cara era apenas um puxa-saco, aprendiz de esperto, e me levara na conversa. Fama é fome de vaidade, vaidade é escada sem chão.

Atravessei a ponte levadiça para o cais da Marina da Glória cinco minutos antes da hora marcada. Fui tachado várias vezes de paulista ou britânico pela mania com horários. Mas aí vai um conselho de quem sabe o que diz: chegue sempre adiantado aos compromissos — o adversário já entra no jogo em dívida, na dividida. Quer vencer nos negócios e na vida? Afie as garras. Nossa época não comporta néscios e beócios.

Olho os barquinhos, solitários como amantes ao sabor do destino, enquanto espero a garota dos sonhos. Uns peixinhos-voadores saltam da minha imaginação de apaixonado. Anette me preenchera uma lacuna. Pensava que nunca mais me interessaria por alguém, depois da sucessão de romances malsucedidos e casos fortuitos e gratuitos que colecionara até aquela data. Mas desta vez ia fazer a coisa certa, me dedicar só àquele amor, fonte nascendo dentro de mim, jorrando champanhe, e não lágrimas, na direção do céu azul.

Uma escuna branca passa ao largo, sobrepondo-se ao Pão de Açúcar. De repente, uma delicada mão cobre a imagem hiper-realista criada por meus olhos. Logo reconheço aquele perfume suave como a brisa. Ouço um coração bater acelerado: será o dela ou o meu? Sinto uma onda de sol inundar meus dias.

— Anette!

— Como vai, Dom Roman? — fala em tom de glosa, olhos em brasa jorrando brilho.

Conversamos um pouco sobre o tempo, o clima, a paisagem, naquele jeito-sem-jeito de pessoas que se enamoram mas ainda não falam a mesma língua. Ficamos olhando para longe, além do impossível, onde tartarugas marinhas botam ovos aos montes, sem ninguém para encher o saco, a não ser os ecologistas. Ouço um coral de mexilhões. Acompanho a revoada de andorinhas do Canadá à Argentina. Vôo tão alto porque tenho medo de que um olhar mais afoito fisgue de vez meu coração.

Eu queria dizer: eu te amo, te adoro, não posso mais viver sem ti etc. Mas da ostra de meus lábios só saíam pérolas do tipo: "me afogava nos cabelos desse entardecer...". Sem dúvida estava amando, e tentava dar o melhor de mim ao objeto do meu amor.

Peguei sua delicada mão, feita de louça, que logo ficou úmida. Aos poucos nossa temperatura foi aumentando. Falei de seus joelhos, comparando-os a uma escultura de Rodin. Os olhos dela espoucavam fogos de artifício: "Roman, Roman..."

O primeiro beijo foi algo vulcânico, com línguas de fogo levantando labaredas por toda a Enseada de Botafogo. O sol se punha por inteiro, como uma grande gema de ovo. Ouvia vacas, carneiros, cavalos, galos e passarinhos cantando *jingle bells* e o hino nacional em ritmo de polca.

No céu da boca de Anette degustei do melhor vinho. Toquei seus seios, e os botões ocultos afloraram, como se regados por uma chuva interior. Quando beijei seu pescoço, disparou a falar, de nervoso. Puxou assunto de poesia, disse que lia muito, um dia queria escrever alguma coisa, aliás já tinha alguma coisa escrita... Senti uma inexplicável opressão no peito. Uma súbita sombra cobriu meu espírito. Confessei que não era poeta, nem jamais o seria, nem me interessava por poesia, por uma questão muito simples, fato corrente no mundo dos negócios: poesia não dá dinheiro.

Fui ridiculamente sincero, podia ter perdido tudo numa só tacada, mas funcionou. Terna, com uma doce pena de mim, Anette apoiou-se na minha perna. O anel em seu dedo valia uns três mil.

— Poesia não é pra ganhar dinheiro — disse, tímida, com a voz úmida. — É pra fazer amigos.

— Esse não é o ponto. Digo o seguinte: todo esforço precisa de fonte de recursos, todo desgaste deve ser reposto, disso eu entendo.

— Poesia é como uma semente, alguma coisa germina dali.

— Erva daninha. Mato. Rosas esquálidas e muitos espinhos. Especialmente essa poesia pós-moderna, exausta de cores, árida de ritmos, que não diz nada porque nada tem a dizer.

— Você consegue imaginar o mundo sem poesia? — Ela agora parecia bem aflita.

— Ué, as nuvens deixariam de passear nos céus? O mar seria menos azul? Iria parar de chover na padaria?

— Você quer dizer pradaria...

Só de picuinha, não dei o braço a torcer:

— É padaria, mesmo!... Anette, não percebe que o poeta é apenas um covarde que no fundo tem medo de encarar o mundo e suas vicissitudes? Não consegue pagar as contas, foge das responsabilidades, faz versos para não envelhecer — encerrei, com uma risada cínica.

Sem mais argumentos, ela aninhou-se em meu peito. Aquela conversa estava por fora. A intimidade já nos cobria com seu manto mágico e seguro, parecíamos velhos amantes, era cedo pra complicar a guerra com poesia.

Beijei os dedos de sua mão e fui assim, subindo devagarinho, passo a passo como quem não quer nada, brincando de formiguinha quenquém. Toquei braço, ombro, pescoço, rosto, cabelos, olhos, sobrancelhas, testa, orelha, nariz, boca, língua, o céu!... O tempo parou em silêncio. O zumbido dos barcos, saindo ou chegando esporadicamente do porto dos sentidos, fazia cosquinha na minha orelha. Ouvi ao longe o gracejo de um marujo, mas o marmanjo ia distante, com as velas infladas e o mastro aceso.

Anette bebericava pensamentos aos pouquinhos. Uma graciosa dúvida formou-se acima de seu supercílio esquerdo, e ali se manteve como gaivota, pairando no ar antes da arremetida. De relance vi sua calcinha cor-de-rosa, clarinha, clarinha. Excitado, beijei suavemente seu joelho, mas não me atrevi a ir além — preferia esse distúrbio dos sentidos, esse antegozo fetichista. Ela afagou meus cabelos, e meus olhos, acostumados à secura dos desertos, repentinamente umedeceram. Ficamos ouvindo o barulho da água batendo incessante nos cascos, e o pio distante dos aviões no ir-e-vir do Aeroporto Santos Dumont.

— Por que você marcou o encontro aqui? — perguntou, a voz perfumada pelo ócio.

— Quero te mostrar uma coisa. — Levantamo-nos. — Tá vendo aquele barco?!

Apontei o que se destacava dos outros pela sutileza de formas, seus 32 pés flutuando suavemente, como bailarina em conto de fadas.

— Chama-se *Shakti*.

— É seu?

— Não, ainda não, mas logo será... Meu, não: seu... nosso!

Ela não respondeu, mas senti um tremor em seus lábios. Estava tudo correndo rápido demais. Trouxe-a para meu peito, sem escusas, e caminhamos abraçados em silhueta contra o pôr-do-sol. Oh, céus, estou amando! Então por que não saio levitando pela cidade, cumprimentando mendigos, falando leviandades aos postes, como nos romances em voga?

* * *

* * *

Roman ficou interessado desde o primeiro olhar, mas fui bastante reta e recatada. Nos despedimos assim-assim, no lusco-fusco da pequena multidão. Sabia que ele tentaria me encontrar, mas não esperava que fosse tão cedo. No dia seguinte, quando me ligou, quase caí pra trás. Era rápido, lépido, lírico à moda dele. Eu disse que não podia almoçar nem jantar. Fiquei dando dribles em suas sinuosas propostas. Uma garota nunca deve entregar tudo de cara. Mas Roman era insistente, objetivo, loquaz: me cercou pelos sete lados, e tudo se deu do fundo do coração.

Quando chego à Marina da Glória, uns dez minutos atrasada, ele já está lá, provavelmente contabilizando o meu atraso para posteriores cobranças. Um frio percorre a espinha, sinto dores de barriga, desmaios de consciência. A paixão mexe com o metabolismo. Não quero pensar em nada, mas as questões brotam da minha testa: seremos um caso fortuito ou permanente? Casamento? Filhos, quantos? Ah, fantasias! E se a gente não se dá na cama?

As minhocas da cabeça adubavam idéias tolas e ruins. Talvez fossem as assombrações que o crepúsculo prenuncia. Deveria pensar assim: Roman olha o relógio porque está preocupado com meu atraso; posso ter sido seqüestrada, ou vítima do trânsito, estamos todos expostos à insanidade humana.

Delicadamente cobri seus olhos com as mãos, e ele exclamou "Anette!", e eu respondi, procurando conter o arrepio de alegria: "Como vai, Dom Roman?"

Foi tudo muito rápido, mas durou uma eternidade. Ele disse coisas belíssimas, de mãos dadas comigo, palavras quentes que inundavam meus poros de sensações ímpares e puras. Roman amparava-me de um jeito carinhoso e seguro. Me sentia pequena mas completamente à vontade diante daquele homem todo. Me aninhei em seu peito plácido e forte. E quando beijou minha mão e foi subindo, numa trilha de lábios rumo ao recôndito desconhecido, uma intensa carga de eletricidade percorreu meu corpo inteiro, despertando a fera que hibernava. Andava carente de querer alguém, e nem sabia.

Mas logo começou aquela conversa sobre poesia.

Não vou enumerar as diferenças de conceito que cada um de nós defendia. A questão não é conceitual, e sim filosófica. Resumo: para ele os poetas não passam de covardes, poesia não serve pra nada e ponto final. Depois de desfiar um rosário de sandices, ensaiou uma risada cínica. Fiquei fula. Estava brincando comigo.

Só contive meus ímpetos de socá-lo ao perceber que não havia em seus olhos qualquer intenção ambígua. Ele era assim mesmo, ignorante, arrogante, bruto, abrupto. Queria apenas me provocar, me seduzir com sua virilidade. Fiquei perturbada. Aqueles olhos límpidos e cínicos me pediam tudo, sem concessão.

* * *

* * *

No dia seguinte, saindo do escritório, liguei do celular para o amor da minha vida:

— Oi, Anette! Estou meio enrolado com alguns clientes, mas quero passar aí pra te ver.

— Agora não dá.

Caramba! Foi tão seca que perdi a atitude. Parecia que nem tínhamos nos beijado com tanta paixão ainda ontem! Avancei um sinal, fui grosseirão:

— Me liga quando estiver a fim, OK?

Ao desligar o aparelho perdi o controle do carro e subi na calçada, assustando os pedestres. Cretina! Enquanto manobrava, o celular tocou.

— Roman? — Era ela.

— Hum, um!

— Roman?? A ligação está ruim!

— Não diga mais nada, coração.

Antes que ela esboçasse qualquer negativa, eu já estava a caminho. Tinha boa memória para endereços, sabia o dela de cor. O tráfego fluía tranqüilamente pelo Aterro do Flamengo. Atravessei o túnel em alta velocidade. Fui multado por um pardal eletrônico, mas não estava nem aí. Ganhei a Avenida Atlântica cantarolando uma música qualquer.

Larguei o carro em cima da calçada e caminhei impaciente no meio dos pedestres. Anette morava na esquina da Santa Clara com a Barata Ribeiro, entre o sufoco e o desespero. O barulho da rua era ensurdecedor. O prédio tivera seus dias de glória lá pelos anos 60; agora estava caindo aos pedaços. O interfone não funcionava, nem o porteiro, nem o portão. Entrei e subi um lance de escadas onde, à altura do segundo andar, uma grande porta de grades barrava o caminho. Bati palmas. Dei murros. Ninguém se manifestou. Fiquei ali uns dez minutos sem saber o que fazer. Aí apareceu uma senhora que, mesmo desconfiada, tirou uma chave do avental, abriu o cadeado e depois sumiu. A campainha do 204 não estava funcionando. Bati à porta:

— Anette, sou eu.

— Entra! — ouvi sua voz lá dentro.

Girei o trinco e abri no tranco. A peça de metal ficou na minha mão. Encaixei de volta como pude. Havia apenas alguns móveis antigos espalhados na espaçosa sala. Fui à janela e descerrei as pesadas cortinas. Seu apartamento não tinha vista para lugar algum. As cortinas escondiam a parede de um prédio mais recente, construído a toque de caixa a dois palmos de distância.

— O pé-direito é alto! — Levantei a voz, para que ela pudesse me ouvir.

Anette apareceu na boca do corredor, descalça, sem maquiagem, só de *short* e blusa, com um esfregão na mão.

— Tá cheio de infiltrações. Me ajuda aqui. Pega esse balde.

— Anette, você é uma princesa, não precisa disso. Deixa que eu faço o serviço todo...

— Não!... Desculpe, a empregada foi embora sem avisar, a casa está uma bagunça. Eu disse que hoje não era um bom dia, certo?

Ela voltou à cozinha e eu fui atrás com o balde d'água. Sustentava, no alto de suas rosadas pernas, um magnífico bumbum de linhas perfeitas, nem grande nem pequeno, com nádegas perfeitamente sincronizadas e simétricas, na proporção exata da beleza. Comecei a ficar excitado com a possibilidade de fazermos sexo ali mesmo, recostados no fogão, sobre os pratos acumulados na pia, dentro da geladeira!

— Por que não contrata outra faxineira? Tem aos montes, e é baratinho.

— Prefiro resolver sozinha. Empregada nunca faz o serviço como a gente gosta.

— Dá um tempo, Anette, que discurso antigo! — Seu corpo estava entre o meu e a bancada da pia, seus cabelos tão próximos que eu queria me perder dentro deles. — Parece uma tia velha.

— Pra que empregada? — Ela saiu de lado, me deixando com mais tesão ainda. — Pra estragar minhas roupas, usar meus perfumes, quebrar os eletrodomésticos? Roubar minhas jóias?

— Por falar nisso, cadê seu anel?

— Botei no prego.

Larguei o balde perto dela. Anette agachou-se para esfregar o raio do chão. Circulei pelo apê, em busca de qualquer bebida. Havia um Four Roses na prateleira da sala.

Peguei uma dose na própria tampinha e sorvi o líquido com prazer e veneração.

— Você tem aqui uma preciosidade. Gosta de Four Roses?

Ela já estava na área de serviço.

— Põe uma dose pra mim. Caubói.

Guiado pelo som de sua voz, atravessei a cozinha com os copos na mão e cheguei ao quarto de empregada.

— Cadê você, coração?

Ela surgiu atrás de mim, com o esfregão na mão.

— Você tem passos leves, *baby*. Vamos dançar esta música? — Enlacei-a, depois de largar os copos numa estante, posicionando meu pau duro entre suas coxas.

Senti no mesmo momento seus músculos tensionarem, petrificados. Parecia que eu estava abraçando uma estátua. Tentei beijá-la, mas Anette, numa ostensiva atitude de autodefesa, grudou em mim, diminuiu os espaços entre nós e, como uma exímia lutadora de jiu-jítsu, eliminou a margem que eu tinha para manuseá-la. Afastou o bumbum, para evitar o contato com meu foguete turbinado. Girei o corpo sob seu braço e apliquei um golpe por trás, de brincadeira, deixando-a indefesa. Meu pau se encaixou à perfeição no *canyon* de seus glúteos.

— Por favor — ela implorou, lívida. — Está machucando meu braço.

Fiquei completamente broxa. Ela esbarrou nos copos que eu trouxera e parte do líquido entornou sobre mim, fazendo uma mancha no lugar mais estratégico da calça. Nos encaramos por um tempo e então dirigi-me à saída. Uma estrela venenosa cruzou o céu da minha boca.

— Desculpe a impertinência, princesa, pensei que nós...
O desejo às vezes nos coloca em situações ridículas!

Pra piorar meu humor, o reboque levou o carro estacionado na calçada, e ainda tive que enfrentar duas horas de dissabores no depósito da cidade.

* * *

* * *

*E*ntrou assim, sem mais nem menos, sem pedir licença. Eu, arredia, num daqueles dias que só as mulheres podem entender. O corpo em choque. E ele continuou avançando os sinais, avançando, avançando. Foi só a primeira invasão. Depois vieram todas. Tive minha culpa: não devia ter aberto a porta.

Quando se foi, fiquei atônita, ajoelhada com o esfregão na borbulhante cozinha. No quarto, chorei lágrimas de sabão.

Prostrada na cama, toco minhas partes íntimas; corpo fechado, flor que renuncia.

* * *

* * *

Mandei flores, sim, cumpri todo o ritual. Mulher gosta de conto de fadas. Tem medo que o cara mande pêra e caia fora, sem romance de rostinho colado. Fiquei puto com o lance mas fiz o que tinha que ser feito: escrevi pedindo desculpas pela invasão, disse que estava muito mal com o acontecido, que minhas horas suicidavam-se a cada segundo. Diria o que ela quisesse ouvir! No fundo, no fundo, queria Anette mais do que gostaria de assumir.

Os dardos estavam lançados. Foram três dias de espera e agonia. Aí ela me ligou. Tentei ser frio:

— E aí?
— Obrigada pelas flores.
— E a carta?
— Palavras lindas.
— Quero te ver.
— Mas não pode ser daquele jeito.
— Tudo bem, como você prefere? Quer jantar comigo?
— Pode ser.

Eu estava faminto. Fomos a um japonês no Leblon, onde colocam os frutos do mar num aquário, à sua escolha. Anette ficou de costas, não podia nem ver. Comentei que, quando menino, não comia frango de *freezer*, não: era minha mãe quem torcia o pescoço das penosas capturadas no quintal de casa. Perguntou mais sobre minha família. Respondi com evasivas e entrelinhas, sem aparas. Segurei sua mão — estava úmida —, enquanto o *shimeji* era servido. Ficamos ali, beliscando os cogumelos de pauzinho. Na encolha, enquanto Anette ia ao banheiro, pedi ao garçom o prato principal: *sashimi* de lagosta viva. Apontei no aquário a mais soberba.

A princípio ela ficou horrorizada, achou de mau gosto, quase vomitou. Mas foi só provar a iguaria para colocar de lado qualquer pudor. E à medida que cessavam os movimentos do crustáceo, a conversa evoluía para comidas exóticas e suas delícias. Aleluia! Quantos pecados valem um prazer na vida?

Só na tarde seguinte sucedeu o acontecido. Anette surgiu no escritório sem quê nem pra quê, a pretexto de nada. Por sorte não havia cliente agendado naquele horário. Dispensei a secretária pelo interfone, e pudemos ficar a sós, 30 andares acima do solo. Ela sentou-se na borda da mesa, cruzou as pernas e inclinou-se na minha direção, insinuante e sensual. Puxou conversa sobre o clima, a paisagem, mas eu só via o movimento de seus lábios e ficava imaginando coisas. De repente, se calou, e nos atracamos. Tirei suas roupas aos trancos e arrancos, sob débeis protestos. Ela usava outra vez calcinha cor-de-rosa, quase do mesmo tom de sua pele. Deitamos no carpete, para as preliminares, mas o melhor aconteceu sobre a mesa. Transar com Anette era viajar à Lua na primeira classe de um cometa. Ela respondia com vigor a meus apelos, atropelos, ânsias, vontades, caprichos. Os joelhos ficaram ralados do carpete, mas aquilo só valorizou mais ainda a conquista. Saboreamos o êxtase da harmonia, e isso não é metáfora, ou retórica: é físico.

A vida avança irredutível, invencível, inatacável. Morre aqui? Nasce acolá. É esta força divina que move o curso de todas as coisas. Os rios não podem parar de correr. As flores murcham umas após as outras, para que outras ocupem seu lugar no mundo. O perfume não morre: incorpora-se ao azul das manhãs. A máquina da Criação não está nem aí para o fato de que esta flor é mais bonita que aquela. Cedo ou tarde, todos vamos cumprir o destino de Deus. Enquanto isso procuramos sinais desse magma primordial nas praias e boates litorâneas, nas distrações de bistrô, em arranjos cor-de-rosa, nas igrejas de ocasião. Eu e Anette éramos bichos, cavalos da vontade divina, da força que jorra a vida.

Da segunda vez, em minha casa, também foi sideral. Fodemos por três horas seguidas. Atirei-me sobre seu corpo como um operário de obras. Levei Anette às estrelas mais distantes da galáxia, a bordo do meu foguete. Depois fiquei observando seu corpo arfar saciado entre os lençóis, o rosto plácido e sem nuvens, a expressão da beleza absoluta. Tinha carinho verdadeiro por aquela menina, não queria magoá-la nunca. Anette fechou os olhos sussurrando palavrinhas doces para mim. Aos poucos foi aos braços de morfeu. Poderia afirmar que sonhamos juntos. Ao acordar rolou mais uma, no limiar do sono. Ela voltou a dormir, e fui tomar banho. Servi o café da manhã na cama, o que causou a melhor das impressões. Anette não tinha pressa nenhuma de ir embora, queria foder mais um pouco e depois dormir novamente, mas eu precisava trabalhar. Deixei a gata em Copa entre suspiros de amor eterno.

* * *

* * *

Na cama Roman era fabuloso. Tinha sensores de calor, que detectavam os pontos em que eu queria ser tocada, na intensidade exata, no movimento certo. Suas mãos subiam e desciam pelo meu corpo, causando o atrito de um barco ao deslizar sobre as águas. Gostava de botar pressão. Às vezes me pegava de jeito, quase sempre me deixava de quatro. Quanto mais eu dava, mais ele devolvia. Um dia pensei que ia morrer! Rasgou-me, regou-me, saiu-me na boca. Sem perder a doçura. Pedi bis, desconversou. Depois fez de surpresa. E eu querendo sempre mais, mais, mais...

Meu dono. Minha paz. Meu amor. Com ele descobri que sexo é bom, que sexo não tem pecado, que sexo elimina toxinas e gorduras, que sexo abre o apetite de viver.

Ele sabia, por intuição, como fazer comigo: tem que ter jeito, tocar direito, me tirar do sério. Conhecera meia-dúzia de homens, cada um mais casca-grossa que o outro. Apressados, ansiosos, querendo ir direto aos finalmente, passando ao largo de entretantos e entrementes. Na hora H me magoavam, eu desistia.

Mas um dia você conhece a pessoa certa e vê o brilho dos seus olhos refletido nos olhos dela. Há uma nuvem de enigmas sobrepondo-se ao céu azul do amor, que mora no fundo do mar. Mesmo assim você mergulha, fazendo borbulha.

Quando volta à tona, é outra: acrescenta margens.

* * *

* * *

*U*m dia, logo no início de nossa relação, Anette chegou meio abalada ao meu apê no Humaitá. Transamos, e então ela chorou: de gozo, alegria, medo, emoção. De vontade e certeza. Disse que em meus braços descobrira-se fêmea, que sua vida ganhara um novo sentido. Fiz uma massagem em suas costas. Relaxou. A mancha de lágrimas diluía-se no lençol branco. Rezou baixinho. Tudo bem, rezar alivia. E, naquele início dos anos 90, nada mais me surpreendia.

— Preciso te contar uma verdade — disse Anette, olhos felpudos, em pausa. — Você foi o primeiro homem da minha vida.

— Como assim?! — Minhas unhas de espanto cravaram-se como tenazes em suas deliciosas ancas.

— Antes de você, não tinha transado com ninguém...

Continuei trabalhando com os dedos, agora dando beliscõezinhos açucarados em seu bumbum mais que perfeito. Inclinei meu corpo sobre o dela, até chegar com a boca bem pertinho da sua orelha. Sussurrei:

— Você também é a primeira mulher da minha vida.

O que dizer naquela situação? Desculpe, querida, mas você não é cabaço nem fodendo? Como, se não houve resistência na primeira vez no escritório? Se não pingou sequer uma gota de sangue no carpete, como prova?

Ela entrou no banheiro, para se recompor; eu fui à sala, escolher uma música. A minha geração não encara a castidade como tabu. Caguei se Anette era virgem ou não. Preferia até que fosse mais rodada, sem muita frescura, já sabendo o básico, não só na cama. Economizava etapas.

Desisti da música e folheei um livro de Adélia Prado que Anette pegara na estante e largara por ali. Naquelas páginas encontrei por acaso o que queria. Então, levado por uma idéia bem moleque, diabólica mesmo, quase pervertida, gritei para Anette:

— *Baby*, venha ouvir que belo poema!

E ela veio, vaporosa e sensual. Sentou-se em meu colo e eu fui levantando sua camisola, descobrindo lentamente seus joelhos e coxas, a cada passo mais próximo do paraíso. Beijei seu pescoço e fui descendo mais e mais e mais. Um tremor sacudiu seu corpo inteiro. Anette apoiou-se no encosto da poltrona para suportar o peso. Minha língua queimava suas escápulas, descendo pelo vale da coluna até a base. Depois de um suave mergulho na lordose, meus lábios triunfaram nas dunas brancas de seu esplendoroso rabo. Anette suspirou e gemeu, cadela no cio. Minha língua circulava pelos mais luminosos becos de sua anatomia, como quem petisca uma fina iguaria.

Encaixei o bruto entre aquelas bandas de Ipanema, torneadas pelas mãos do Artesão Superior, mas percebi um certo temor e resistência por parte dela. Não estava preparada, apesar do tesão. Suplicou:

— O poema, lê o poema, lê!...

Peguei o livro e, com voz suave, úmida e penetrante, sussurrei o "Objeto de Amor". Anette só repetia: "Que lindo... Que lindo..."

E quem disse que poesia é inútil? Como que por milagre, seus glúteos foram relaxando. Agora, sim, podia entrar com tudo. Dei uma estocada. Ela sufocou um grito, levando a mão à boca. Outra mais forte ainda. O suor escorria por suas têmporas. Os cabelos molhados. Nossos corpos em água. Mais uma e ela perdeu o controle, égua desembestada nos campos verdes do instinto. Pegou minha mão e mordeu com força, muita força, para não gritar. Eu não sentia dor, aliás, sentia, sim, mas a dor era fonte intensa de prazer. Mergulhamos num buraco negro de sensações divinas.

Entrei tão fundo que toquei sua alma.

Transávamos em qualquer lugar. Uma vez foi no banheiro da casa do Pinheiro de Souza, magnata dos sapatos populares, durante uma recepção. Eu tinha medo, por causa da minha reputação, mas ficava mais excitado ainda. Um dia, no cinema, nem bem escureceu já estávamos no esfregão. De outra feita, descendo a serra, quase perdi os sentidos. Dormia pouquíssimo. E, no trabalho, delirava de seu cheiro, suplicava seus cabelos, abraçava sua sombra, beliscava suas ausências, rebuscava seus silêncios.

Queria aproveitar bem a vida antes de casar. Mas sabia que Anette não tomava cuidado nenhum, inconsciente maternal. Então, ficava na minha responsa cuidar de nós dois. Ela colaborava em tudo o que eu pedia. Era gueixa, escrava, fêmea, mulher. Nascera para fazer sexo — e comigo! Pedia, em seus momentos de prazer extremo, que eu entrasse nela até expulsá-la de si, implorava que eu a tomasse inteira, invadisse sua cabeça, pela frente ou por trás, pela boca e pelas orelhas. Todos os músculos do corpo selvagem e primitivo. Anette dissera não conhecer nenhum homem até dar comigo, mas sabia fazer tudo direitinho, dançava no meu ritmo. No fragor da refrega, ficava tão à vontade que parecia a mais veterana das meretrizes.

* * *

* * *

 Eu ficava de lado, observando-o nas conversas protocolares. Era distinto, elegante, felino. E, sob o corte insinuante daquela calça tropical, havia um animal insano, pronto para o bote. Não que atacasse qualquer uma. Se agisse deste modo eu saberia. O lance era comigo.
 Numa festa, cara cheia, começou a me bolinar, falando alto sobre minhas qualidades. Quando me deu um beliscão no bumbum, fiquei fula! Mas até isso me excitava naquele malandro. Na hora de ir embora, passou novamente a mão, deixando o cotovelo, displicente, roçar meus seios. Ele sabia que eu virava fêmea, escrava, gueixa, puta. Queria ali mesmo, no elevador, no carro. E era sempre bom! Deus, como era bom!
 Nesta saudável loucura vivi nossos melhores dias.

* * *

* * *

*D*esinformação, caos e balbúrdia: Opinião Pública S.A.
 As minhas estapafúrdias idéias de *marketing*, roubadas de um obscuro publicitário americano, causavam o maior rebu no meio. O mercado finalmente havia descoberto que não podia viver sem o meu concurso. Os caras precisavam de renovação, e eu era a bola da vez. A bola sete — a grande mentira.
 Um dia Baltazar me prestou uma singela porém significativa deferência. O todo-poderoso da Heterogênea me chamou para jantar no Clube da Infantaria, um clube fechado para sócios exclusivos — milionários, grã-finos, artistas famosos, gente excêntrica.
 — Preciso de você para redefinir os rumos da agência.
 — Rapaz, isso custa dinheiro!
 — Não entro em leilão. Só me diga se está bom assim...
 — Enquanto falava, me passou um cheque tão gordo que parecia um peru de Natal.
 Saímos do restaurante por um corredor de heras que pareciam estar ali havia horas, e não eras. Atravessamos a área da piscina interna, onde alguns banqueiros se divertiam com um lote de putas, e chegamos à sauna a vapor, ao lado de uma cabine de *peep-show*, onde o papo era o calote das dívidas. Ao entrarmos, senti um bafo quente no cangote. Tentei localizar o engraçadinho, mas minha vista se perdeu na neblina. Gri-

lado, me encostei em algo sólido e tomei um susto: felizmente era apenas a estátua de um anjo nu, de pau duro.

Aos poucos vou me acostumando ao ambiente liberal do Clube da Infantaria. Mulheres e homens beijam-se livremente, em todas as combinações possíveis. Por trás de uma coluna grega com arabescos renascentistas, uma *drag queen* tenta chamar atenção, mas todos estão ocupados em liberar suas próprias libidos e frescuras.

Então é assim que os ricos se divertem!

Fomos dar — não é hora para duplos sentidos, por favor — numa espécie de arena romana. Ao centro, terapia de sexo oral. Luxúria, prazer, pecado! O lixo do luxo. Baltazar reluta em seguir, pois quer saborear a cena. Subimos, através de um corredor iluminado por tochas de um lado a outro, até uma arquibancada toda ornamentada com exaltações fálico-românicas. Duas garotas rolam no ringue de gel, mas os olhos do boitatá brilham mesmo é quando alcançam o espetáculo que começa a se desenrolar ao fundo, num palco desenhado por um denso jogo de luzes. Aponto para o negão, centro de suas atenções:

— Vai encarar, Baltazar?!

— Tá boa, santa? — diz bem perto do meu ouvido, denunciando o bafo quente.

Ele ri da própria idiotice. Sua enorme pança balança, liberada. O porco suíno está em seu hábitat, entre iguais. É um homem sincero, delicado e feliz, com os olhos fixos na java reluzente que começa a ser chicoteada pra valer por uma louraça. Aperta o bumbum, à moda das mulheres.

— Admiro uma coisa em você, Roman: você é igual a mim!

Sai pra lá, boitatá! O bafo quente vem de frente, carregado em alho e Halls. O negão dá um tapa de verdade na loura, que cai a seus pés e tenta levantar apoiando-se na genuína jeba escorregadia.

— Vamos crescer juntos, irmão. Você agora é da família! — diz o dono da agência, com os olhinhos apertados e a boca ansiosamente aberta.

Na arena greco-romana, o negão finaliza o massacre. Por que é que eu me sinto meio como a loura, levando java sem vaselina? Veja esse cara, o Baltazar. Acha que me possui, por conta de um cheque e um crachá prateado. Dê vazão a seus devaneios, bundão. Vamos crescer juntos, sim, e um dia serei maior que você, e vou pisotear essa barriga balofa, porque é assim que tem que ser, pela sobrevivência da nossa pior espécie, a dos lobos famintos das saunas a vapor.

* * *

* * *

De uma hora para outra, Roman começou a rarear. Sofri horrores. Será que conheceu outra mulher, será que se desinteressou de mim? Quando a gente se encontra, ele só fala de trabalho. Por que não faz como qualquer pessoa, arranja um emprego das dez da manhã às quatro da tarde, com fins de semana livres e férias uma vez por ano? Roman argumenta que o emprego chegou ao fim, que foi um artifício transitório das sociedades industriais, e que agora é cada um por si, usando as armas de que dispõe.

Eu não tenho armas, só desejos, e a vida condenada a um nada de emoções. Na minha idade vovó já estava com três filhos, e eu nem casei ainda.

Sinto o corpo em mudança, os peitos doem, algo está acontecendo com o meu metabolismo. Dentro de mim uma força grita, um ser me pede água, e a vontade é recíproca. O choro do bebê na casa vizinha assinala um sim na minha barriga.

* * *

* * *

Fazia altos planos para o futuro. Finalmente conseguira um bom emprego! Melhor do que vaguear por aí, no pouso da incerteza. Ia adquirir uma casa na praia, comprar um barco, colocar uma frota de Mercedes e Ferraris na garagem da minha nova mansão. Podia ter tudo o que sempre sonhei. Ô vida boa, vida rica!

Anette abriu a porta e voltou para o meio da sala, jogando no chão a revista feminina que tinha nas mãos. Estava visivelmente amolada:

— Você demorou tanto!

Peguei a revista e a coloquei no lugar adequado. Aproveitei que estava agachado e recolhi um pulôver, uma calcinha cor-de-rosa e um livro. Precisava dar logo a boa notícia:

— Tenho novidades, Anette!

— Eu também — ela admirou-se.

Falamos quase ao mesmo tempo:

— Estou rico!

— Estou grávida!

— O quê?!

Meus pés grudaram no chão. Um filho significaria estabelecer um irreversível compromisso com a realidade. Fechei os olhos e não gostei nada do filme que passou por minha cabeça naqueles momentos.

— Não é lindo? Senti enjôo. O médico pediu uns exames... Oh, amor, estou tão feliz!

— Sinceramente, Anette, sem querer cortar seu barato, mas já cortando, e pela raiz, essa gravidez não estava em nossos planos...
— Como assim?!
— Entenda, coração, já conversamos tantas vezes sobre isso!...
— Mas, Roman...
— Nem casados somos!
Ela parecia desmoronar. Pegou com mãos trêmulas a revista e o livro que eu havia colocado sobre a mesinha de centro. Só então vi que tratavam do mesmo assunto: bebês. Jogou tudo no chão novamente, mas desta vez não tive ânimo de me mexer do lugar.
— Você não deseja nosso filho?! — A voz dela afundava nas profundezas de um pântano. — E agora, o que eu faço?!...
— Amanhã vou te levar numa clínica.
Anette caiu em prantos. Suas lágrimas escorriam silenciosas pelo chão, fazendo uma mancha no carpete. Por um instante fraquejei, mas se alguém precisava fazer o trabalho sujo, ser durão naquele difícil momento, esse alguém era eu.
No dia seguinte fui com ela à tal clínica de Botafogo. Menos de uma hora depois já estávamos num táxi novamente.
O aborto mexeu muito com a cabeça de Anette. Ficou muito deprimida, imersa em si. Não se interessava por nada, muito menos sexo. Mesmo assim, nas duas primeiras semanas, ia todo dia visitá-la naquele inferno de Copacabana onde ela morava.
Minha garota continuava silenciosa. Então sugeri curarmos a ressaca em Buenos Aires. Estava com as passagens havia

um tempão, mas não surgia oportunidade. Ela aceitou, indiferente, e lá fomos nós, de última hora.

Em terra estranha, Anette voltou a viver. Era um pacote turístico de três dias, mas ela — inteligente, culta, letrada, educada nas melhores escolas — não respeitava a programação prevista. Gostava de respirar cultura. Acordava cedo, organizava os folhetos de propaganda recolhidos aqui e ali, e pernas pra que te quero! Às oito da manhã já descíamos a Corrientes encasacados até os tornozelos. Só naquela avenida havia mais livrarias que no Brasil inteiro. Quem vai ler tantos livros? Anette, claro. E, no final das compras, quem carregava o peso? *Sí, el guapo acá*. Já nem pensava no excesso de peso que pagaria na volta. Encasquetava era com as luvas, que me limitavam o tato, e aquilo parecia a única coisa que valia a pena comentar.

De tarde Anette dava uma esticada aos museus, enquanto eu esticava as canelas no hotel. À noite ela queria ir ao Teatro Colón, assistir a óperas e peças de teatro. Não agüentava aquela caretice. Me identificava mais com a arte popular dos bordéis. Preferia mil vezes os bares noturnos do bairro San Telmo, onde podíamos dançar tango até o amanhecer.

Anette arranha bem o castelhano, e como falou aqueles três dias! Desatava os cotovelos com o porteiro, o jornaleiro, o guarda de trânsito, a recepcionista. A caminho do Rio já estávamos numa boa, os ressentimentos postos na geladeira.

* * *

* * *

Quantas portas tem o destino? Em cada encruzilhada: opção, emboscada. Se tivesse virado à esquerda, e não à direita? Se seguisse aquele caminho, em vez de pegar este caminhão? Meu caminho, a quem pertence? Quero comprá-lo, mas de quem? Não está à venda, nem à vista.

E com que dinheiro? Minhas economias chegavam ao fim. Nunca havia pensado desse ponto de vista: o mundo é uma boca imensa que avança, e já podia sentir seu bafo nos meus calcanhares. Estava lisa, apavorada, desamparada — e nas mãos de um estranho que pagava minhas contas, meus jantares, meus prazeres.

Uma parte de mim pedia para morrer, mas em Buenos Aires eu parecia outra Anette, desenvolta e solícita. Desatei a falar com desconhecidos, desenvolvendo relações fortuitas, sem passados obscuros ou futuros fictícios: só o presente e suas boas-vindas, good vibrations. Alô, a primavera chegou, vai chover esta noite, adeus e nunca mais. Era a maneira mais segura de lidar com as pessoas.

Estava tirando férias de mim mesma, de meus pensamentos sombrios. Precisava esquecer, a qualquer custo, que aquela Anette existia, e que seu corpo pertencia a um estranho.

* * *

* * *

Uma coisa é você deitar regras sobre isso e aquilo, dar opinião sobre tudo. Outra é ir lá, mostrar serviço, montar a estrutura, planejar, resolver a parada. Comi muito alpiste mas, depois de um tempo na Heterogênea, tinha mais influência que o diretor de análise de mercado. Eu era uma torrente de renovação, irresistível como um tornado, um demolidor de velhos modelos de gerenciamento. Implantei uma nova ordem na agência, e comecei a crescer lá dentro. Em seis meses avançamos cinco posições no *ranking*, chegando entre as três primeiras do país.

Contei a novidade a Anette achando que ela ficaria mal com mais esta conquista. Ao contrário, pendurou-se em meu pescoço:

— Vamos comemorar, amor? Decidi aproveitar a vida!

O episódio do aborto ficara lá atrás, um semestre inteiro de lágrimas e solidão. Anette foi a um médico, que lhe passou uns antidepressivos. Começou a melhorar de humor. Poderia dizer que naquele dia estava eufórica. Eu a tinha a meu lado, e não contra mim. Conversamos até o amanhecer, embriagados de desejos, sugando-nos calor através das mãos, e dormimos saborosamente dentro de imensas taças de champanhe. Assim, sem nos dar conta, colocamos em pauta a possibilidade de dividir oficialmente espaço e pátria, planejar um rumo comum na vida. Com a maré boa, mudou-se lá pra casa. Instalou-se de mala, cuia, corpo e alma.

Aí começou o vendaval. Diariamente Anette me buscava na agência e íamos para casa, foder. Ela ligava a toda hora, monitorando meus movimentos. Na cama, me segurava o mais que podia. Eu inventava desculpas no trabalho, desligava o celular, acordava cada vez mais cedo para sair furtivamente de casa. Mas um relógio biológico a despertava antes. Ir para o escritório passou a ser uma luta diária, da qual eu quase sempre saía derrotado. Anette me cobria de desejos, beijos, agrados, carinhos, amassos. Me entupia de sexo, sexo, sexo.

Não que fosse ruim, mas tudo tem limite. E se eu queria realmente constituir uma obra, deixar alguma marca, estava numa vereda morta. Meu coração era um taxímetro na bandeira dois. O dela, não: arroz com feijão, trabalho depois...

Baltazar me chamou no canto:

— Pô, escuta aqui, Roman. A vida anda boa?

— É, vai-se levando... Uma hora descanso, outra fico à toa...

Sabia aonde o boitatá queria chegar: que eu tinha que dar o exemplo; que eu era diretor de uma empresa; que o regime que eu implantara necessitava de vigilância diuturna; que eu dava mau exemplo; que eu...

— Não é nada disso que você está pensando! — comentou o balofo.

Reagi contrariado:

— Agora você sabe até o que se passa na minha cabeça? Tenha a santa paciência!

— Calma, rapaz, você anda nervoso. Quero te fazer uma proposta. Estamos com sérios problemas no escritório de São Paulo.

São Paulo, o maior mercado do país! Sonho de qualquer publicitário realmente ambicioso. São Paulo, selvageria, roubada! Se quisesse me impor, tinha que cair matando.

— Preciso pensar.

— Não acha que já pensou demais por um dia? Vá pra casa, relaxar com sua mulher...

Desesperei-me baixinho. Relaxar?! Pelo amor de Deus, se Anette é a fonte de meu desassossego!

— Leve-a para São Paulo.

— Nããoo! Prefiro ir sozinho. E quando voltar, quero ser o segundo na hierarquia da Heterogênea.

— Hum, hum... Na prática quase já é.

— Quero isso no papel, e sem o quase.

Perscrutou minhas intenções:

— Vamos conversar mais tarde. Você está se saindo muito bem. Bem até demais...

Ficou me tirando de cima a baixo, e seu olhar era a sombra de uma ave de mau agouro.

* * *

* * *

Veio com aquela conversa de joão-sem-braço: era praticamente certo que quando retornasse ao Rio seria sócio da Heterogênea; ia ganhar uma grana preta; valia a pena o sacrifício. Sei, o sacrifício!... Vai é rodar ali pela Consolação, pegar umas vagabundas no Kilt Show! Agora que nosso romance navega em boas águas, ele já arruma desculpa pra cair fora?! Preferia os tempos em que era free-lancer, *sem tantas obrigações.*

Falei da saudade que sentia de minhas amigas paulistas (mentira), da vontade de visitar os museus de São Paulo, que rivalizam com os melhores da Europa (ai, ai, outras mentiras!), dei voltas e voltas para dizer que gostaria muito, muitíssimo, de ir com ele. Mas Roman já estava com o discurso articulado, sabia exatamente como chegar aonde queria. Prometeu ancorar no Rio todo fim de semana. Para mim, acostumada a farturas, aquela era uma dieta extremamente penosa.

Começava a conhecer melhor meu parceiro. Dissimulado, uma mula de teimosia, um poço de egoísmo. Tinha argumentos para tudo, e sabia negociar: tirou da manga uma ponte aérea para eu visitá-lo no meio da semana. Roguei praga: "Tomara que arranje é uma ponte de safena."

Estava cega pela impotência. Mesmo assim engoli o orgulho ferido, e supliquei de outra maneira. Disse até o que não queria pronunciar por nada deste mundo: "Vou cuidar de você naquela paulicéia solitária." Roman foi definitivo: *"Vai comigo na segunda e volta na terça de manhã!"*

Explodi! Ficar fazendo o que na Cidade Maravilhosa?! Por que não podemos seguir juntos nessa nova jornada? Em São Paulo haverá mais oportunidades, com certeza! Roman alega que não terá tempo para mim, que vai trabalhar pra cachorro, que eu não agüentarei o tédio e o frio.

Foi tomar uma ducha e trancou a porta do banheiro. Puta que pariu! Eu odeio esse cara!

* * *

* * *

Anette só sossegou quando entreguei os pontos. Tudo se resolvera à noite, pouco antes de dormir. Insistiu muito, deu voltas, criou jogos de sedução, fez chantagem emocional e arrancou a promessa. De que adiantou dizer que ia morar num apart-hotel?! Anette não queria entender de maneira nenhuma que pra mim aquilo era trabalho, nada mais. Meu lugar é no Rio, com as praias que já não freqüento, os bares sempre lotados, as ruas perigosas, a noite enluarada. A cidade é um segundo útero onde vamos sendo incubados para o novo nascimento que, deste ângulo, chamamos morte. Mas ela viajava:

— A gente podia ter pego o Trem de Prata. É tão romântico...

Finjo que não ouço. Ela não sabe que o Trem de Prata virou lata, está desativado há tempos? Alienada. Troco as passagens no balcão. O vôo vai demorar um pouco, o que só aumenta nosso desconforto. Dali a pouco volta a puxar assunto:

— O que você vai fazer exatamente em São Paulo, querido?

— Trabalhar, ué — respondo o mais seco possível.

Faz cara de choro. Era só o que me faltava: viajar com a mulher em lágrimas. Todo mundo olhando. Fala sério, eu mereço?

No avião, sem diálogo.

Com o taxista, somente o indispensável.

Na recepção do hotel, Anette senta-se a distância enquanto eu pego as chaves. O elevador demora uma eternidade para chegar ao 10º andar. Ela vai direto ao banheiro. Tranca-se, batendo a porta, e fica choramingando. Deixo as malas cheias de roupas de frio no chão do apartamento e vou trabalhar.

Maldito trânsito! Chego ao escritório duas horas depois, num puta mau humor. Três funcionários vêm me dar as boas-vindas. Um se veste no figurino *clubber*, outro faz o gênero *grunge*, o terceiro é modernoso, usa suspensórios Mr. Wonderful. É este que fala em nome dos outros:

— Bom dia, cara, prazer em tê-lo aqui conosco, pô, um puta cara respeitado pelos caras que mandam, sabe qual que é, né, meu?!...

Que papo é esse?! Esses carinhas estão fodidos comigo, vão sofrer na minha mão.

— Cadê o resto da cambada?

— O pessoal trabalha em casa, manda pela internet — apressa-se a mostrar serviço o *grunge*, de bermudas e tênis sujo.

Eles dão um passo atrás ao perceber o campo minado do meu olhar.

— Ei, voltem aqui. O pesadelo ainda nem começou. Quem de vocês é a minha secretária?

Ficam boquiabertos:

— Cadê a secretária dessa porra, porra?!

— Não veio, parece que está grávida... — diz o terceiro, camiseta e *jeans* apertados, músculos à mostra.

— Ela está fora, isso sim!

O de suspensórios banca o corporativista, tomando as dores da colega:

— Peraí, meu, ela é maneira, amigona da gente...

Eu estou com a cachorra:

— Olha aqui, ô cuzão, presta atenção: a playboyzada não tá me entendendo. Eu não sou o Lobato, que vocês faziam de gato e sapato. Acabou a sopa. Acabou o *spa*. Vim para implantar novos métodos, cortar custos, cobrar desempenho. Produtividade! Sabem o que isso significa? De agora em diante vocês vão ter que trabalhar direito, porra. Ou rua! É linha dura, caralho. Boceta! Vocês sabem do que eu tô falando?! Entendem a minha língua? Vocês são merda. Aquela bosta que a gente pisa por acaso e perde um tempo esfregando no chão. Palito de fósforo: é só riscar e fuuuu... Basta eu querer, e vocês viram fumaça e cinza em menos de cinco segundos. Cinza de merda! Tá duvidando? Já pensaram quanto a empresa gasta por mês pra vocês ficarem por aí desfilando suspensórios moderninhos? Ahn? Já pensaram que talvez não seja mais do interesse da empresa bancar idiotas metidos a intelectuais, que não conseguem organizar uma porra de um escritório?! Hein?! Já pensaram quantas pessoas lá fora matariam a própria mãe para estar no lugar de vocês? Vocês me deixam puto da vida! Vocês são um monte de estrume! Estão com a bunda toda suja, e nem sabem se limpar direito!

Ficaram mudos e aterrorizados. Mas eu não tinha terminado ainda:

— Um: quero um relatório completo das atividades de cada um até a hora do almoço. Dois: resolve o problema da secretária. E você aí, ô barbie de barba: me traz um copo d'água, e um cafezinho também. Agora sumam da minha frente!

Eu sabia dar ordens muito bem, era um dom natural. Os três partiram céleres. Só então entrei na minha sala. Da janela avistava a Paulista, com o movimento nervoso de tráfego e pessoas. Dava pra sentir o cheiro do sangue financeiro correndo nas veias da avenida. Peguei o telefone e liguei pro hotel. Uma voz fina de homem atendeu. Perguntei pela garota dos meus pesadelos.

— A senhorita Anette saiu do apartamento.
— O quê? Como? Quando? Deixou algum recado?
— Não.

Ai, meu saco! Anette sozinha em São Paulo. Nem eu, carioca esperto, conseguia andar direito naquela cidade. Você está no Perdizes, parece Pinheiros. Nunca sabe se é Morumbi ou Pacaembu. E quando me dou conta, estou sempre na Consolação, em busca de prazeres, subindo e descendo a Augusta. Conhecia uma turma de dois ou três jambrolheiros que circulavam por todas as bocas paulistanas. Gente enturmada, profissionais da noite. E se minha pequena cai nas garras de um cachorro desse quilate?

Anette nunca usa o celular, o que me deixa irritado. Meia hora depois ligo de novo para o hotel. Outro cara me atende. Pergunto se ela já voltou da rua. A voz do mané é tão gelada que sinto frio:

— A senhorita Anette não se encontra mais neste hotel, senhor.
— Como assim?! Ela saiu com as malas?

— O hotel não pode fornecer esse tipo de informação, senhor.
— Cala a boca, idiota! Sou eu que pago as contas!
Ele afina:
— Positivo, senhor. Foi embora já faz uma hora, e levou as malas.
— Tem certeza?!
— Absoluta, senhor.
O café que o bundinha-roxa trouxe esfria num canto da mesa, enquanto organizo uns papéis pra distrair a cabeça e fazer hora. Um tempo depois, espumando de raiva, disco o número de minha casa. Anette está tranqüila:
— Oi, Roman! Acabei de chegar!
— O que houve? Por que foi embora?
— Desculpe, amor... — Sua voz é tão doce que mela minha orelha. — Como sempre, você está certo: não tem nada a ver eu ficar aí.
Anette parece outra mulher, depois do sacode. É de lua! Falo com a língua suja lá no fundo da sua orelha:
— Fiquei preocupado. À noite vou pro Rio, OK?
— Não precisa, amor, não quero atrapalhar... Como foi o trabalho?
— Dei um rapa na rapaziada. Enquadrei todo mundo direitinho. Posso dormir tranqüilo.
— E quem vai deixar você dormir?
— Calma, vulcão! Você anda muito fogosa...
— Saudade de você dentro de mim!... Vem agora! — sussurrava, obscena.
— Olha que eu vou, hein?...

Mal desligo o aparelho e o manequim de suspensórios se apresenta todo equipado, papéis na mão.

— Olhe aqui, Mr. Roman. Terminamos o relatório!

Dou um tapinha nas costas do *guacamole*:

— Deixa pra outro dia, *baby*. Manda a barbie fazer outro café.

Confuso, ele escapole rapidamente, levando os papéis e a xícara. Vá entender as mulheres...

* * *

* * *

Oito, nove, dez da noite... Às 11 ele chega. Está lindo, com os cabelos molhados de garoa. O rosto grave não denuncia cansaço, apenas o triunfo do guerreiro. Já o conheço qualquer coisa. Para mim, seus pensamentos são como um cheque em branco — sem fundos, mas em branco.

Faz festa quando me vê. Tira o terno, assovia, pede-me para servir uma dose de whisky, com muito prazer. Sento-me a seus pés. Calma, sem aquela fúria uterina, nem pergunto o porquê do atraso, nem cobro flores no vaso. Nessa noite de trégua, conversamos sobre os gregos e troianos, bebemos da poesia francesa e portuguesa, minhas favoritas. Roman ouviu-me alguns poemas com enlevo e encanto, sem criticar. Se a vida fosse sempre assim, um quê de paraíso...

Há quanto tempo não tínhamos tantas preliminares, com beijinhos no rosto, carinhos no pescoço, cabelos e dedos? Tudo tranqüilo, excitante, maduro.

"Leva um whisky pra mim?", ele pede, e se encaminha para o quarto.

No bar, com o maior carinho e cerimônia, preparo a bebida e tomo o meu remedinho. Subo as escadas com os pés em nuvens. Pois não é que, largado na cama, o bandido ronrona como um ursinho de pelúcia?!

* * *

* * *

Como mamãe dizia, mel demais enjoa. Faz mal, numa boa. E um belo dia aconteceu o que eu vinha adiando à custa de muita vitamina, catuaba, ovo de codorna e Viagra. Ou seja, meu sangue passou a correr por outras veias. Broxei, confesso que broxei, e mais não falo.

Naquela noite havia bebido bastante no avião, estava exausto, com sono atrasado. Fingi que dormia. Até ronquei de leve. Anette me acordou, reclamou, esperneou, gritou, e não tive alternativa. Tentou de várias maneiras ressuscitar o falecido. Usou de todas as manhas e unhas de que dispunha, técnicas orientais, baianas, gaúchas, creme para acne, pomada japonesa. E nada.

Desesperada, descontou a raiva esbofeteando o travesseiro (se fosse em mim devolvia-lhe com juros escorchantes) e chorou de insegurança:

— A culpa é minha, você devia procurar uma pessoa mais experiente, eu não sirvo!...

— Puxa, perdão peço eu, amor, isso nunca me aconteceu antes!...

Tentei convencê-la de que um dia os casais entram mesmo numa fase de rotina sexual, o que não chega a ser necessariamente ruim. O problema era a ponte aérea...

— Então larga tudo e volta pro Rio.

— Como se fosse tão fácil...

Anette estava disposta a discutir relação. Passava das duas, às oito da manhã seguinte eu tinha que pegar o avião para São Paulo. De tarde, havia tanto carinho e compreensão em sua voz! Agora... Foi me dando um desespero:

— Você não percebe que está me atormentando?! Porra!

Ficou chocada. Pôs-se a chorar convulsivamente. Fiz uma massagem para consolar, mas ela esquivou-se. Tateando as palavras, advoguei em causa própria. À mulher basta abrir as pernas, fechar os olhos e imaginar que está dando pro galã da vez. No caso do homem, a imaginação fértil ajuda, mas não resolve o problema. E o problema é biológico: tem que estar a postos na hora do escorrega. Corresponder às expectativas. Saciar a fêmea. Quando jovem, achava que quanto mais metia, mais minha pica aumentava de tamanho. Parecia uma teoria simples: é um músculo, cresce à medida que se usa. Mas, quanto maior ficava, mais difícil se tornava mantê-lo 100% ereto. Ainda mais três, quatro vezes por dia! Não havia prazer, e sim obrigação. E de repente o pensamento passeia fora do quarto, ganha as ruas e os ventos, penetra na escuridão dos céus... Não é mole! Haja imaginação!

Anette deu vários socos no travesseiro. Mordeu a fronha até arrancar um pedaço.

— Pode me xingar de *guacamole*, pode me xingar — terminei minha defesa, desacorçoado.

Para resumir esse capítulo de nossas vidas: no dia seguinte, depois do café da manhã, pegamos suas coisas — encheu a mala do carro! — e levei-a de volta para o ninho de Copacabana. Alguém tinha que botar ordem naquela bagunça.

Estávamos no vai-da-valsa, ao sabor dos acontecimentos, e as ondas me levavam direto para alto-mar: o altar! Anette ficou amuada, fez beicinho, mas logo aceitou minhas ponderações, "pra salvar a relação". Quando chega a esse ponto, é que a valsa virou tango.

* * *

CAPÍTULO 2

Havia lírios no jardim

* * *

    Amor é foda: tem sempre alguém por cima, alguém por baixo. Um subindo, outro descendo. É um entra-e-sai danado!
    Amor é ausência. Sinto falta do sacana: suas palavras, sua lascívia, seu jeito de me desnudar. O azougue me persegue, intangível. Está grudado em mim. Tem substância de sombra. O cheiro dele me embriaga, não desprega, me acompanha aonde quer que eu vá. É o diabo! E quando passamos duas noites sem deitar juntos, perco o juízo.
    Liga todo dia, mas não me sacio de doçuras. Quero apertar seu corpo, arranhar sua carne, "amolegar a bilola", como dizem no andar de baixo. Amar este homem é estender um quaral de incertezas no quintal do coração.
    Pego o vidro na bolsa e tomo um remedinho. Comecei com um comprimido por dia, agora já são três. É o que tem segurado minha onda. Vou à janela cerrada pelas cortinas e volto. Sinto-me acuada neste apartamento. Sempre me pareceu grande demais, impessoal e desumano. Nada ali me pertencia: os quadros sombrios na parede, os pesados móveis de jacarandá, os azulejos portugueses da banheira — andrajos de antigüidade, pesadelos de infiltrações e contratempos.
    Naquele ambiente passei os anos mais tristes da juventude, depois que papai morreu. Mamãe ficou na fazenda, espantando insetos, insistindo fantasmas. Eu tinha alguns discos, meus livros, e uma vontade imensa de me afogar no crepúsculo.

Recosto-me no velho sofá reformado em mil novecentos e antigamente, olho para o teto descascado, o pesado candelabro a ponto de despencar. Pego um cigarro e queimo os dedos ao acendê-lo. O que há comigo? Por que não consigo me controlar? Fico na mão do camarada, e ele praticamente me expulsou de casa!

O desfecho natural do nosso namoro seria o casamento. Na roça, eu tinha aprendido que o rapaz pede pra namorar, pra noivar e pra casar. Ele nem aí, chegou já me beijando. Na vida real do final do século, moderno é não perder tempo com formalidades. Mas eu queria (queria muito ardentemente, como a Ophélia de Fernando Pessoa) estar acorrentada a um dono, trocar um pai por um marido, um senhor por um senhorio. É o destino de toda mulher. E depois criar filhos, gerar braços fortes e mentes ágeis, alimentar a máquina do mundo. Claro que sonhava, e sentia calafrios. Todo mundo precisa de alguém; Roman não precisava de ninguém, e isso me dava uma tremenda insegurança. Era o meu contrário: fogo por fora, gelo por dentro.

* * *

* * *

Saí de São Paulo às quatro da tarde e desembarquei, duas horas depois, numa tensa reunião. Estávamos discutindo o lançamento do primeiro produto da Mr. John no Brasil, um perfume barato para as classes baixas. Nos meus tempos de grumete sonhei tanto com este momento! E no entanto não agüentava mais. Vivia cansado, de mau humor, impaciente.

À mesa: eu, o roteirista, a gerente de *marketing*, um estagiário e o cliente, Mr. John em pessoa. O inglês torce as mãos úmidas. Limpa com o lenço de cambraia a laminha de sujeira que se acumula nas brancas dobras do pescoço. O suor escorre sob os óculos de aros finos, apesar de o ar-condicionado estar ligado à toda. Seu negócio era vender temperos exóticos. Entrou no ramo de perfume a risco. Visita o Brasil há anos, desde os velhos carnavais da Avenida Presidente Vargas, e já conhece razoavelmente bem nosso idioma.

O produto precisa estar nas prateleiras a tempo do Natal, e nem nome tem ainda. Obsessivos, meus colegas tentam traduzir a essência do perfume em apenas uma palavra. Mas não pode ser qualquer palavra, tem que ter impacto, pegada, tradução simultânea. De repente o nome surge, naturalmente, sem esforço, com a campanha inteira logo a reboque. Vem no vento, e não me sai da cabeça:

"Todo mundo precisa de amo-o-or..."

Ter uma boa idéia já transformou meu estado de espírito. Ganhei o dia! Agora quero ver aonde esse pessoal é capaz de chegar. Deixo que todos falem à vontade, defendam seus pontos de vista, em geral um monte de bobagem para impressionar o cliente. Armando, o roteirista, sobe à mesa, empolgado:
— Que tal Vândalo? Um nome forte, impregnante, que rima com sândalo e ainda tem apelo junto às camadas sociais que queremos atingir. Ou Vândalus, ou Vândalo 100. O que vocês acham, hein?
Mr. John ajeita o aro dos óculos, e dispara num português claríssimo:
— Não é isso, não é isso!...
— Sândalo... — desenvolve o roteirista, que tem pretensões literárias e por isso cai fácil nas armadilhas da rima. — Escândalo! Um nome forte, provocante, potente, petulante, um escândalo!
— Não, não!... — desespera-se o cliente, tendo convulsões.
Armando entrega os pontos:
— Essa campanha é um problema!
— O problema não é o problema, mas a falta de solução.
— O que, chefe? — O estagiário pega um caderninho pra anotar. — Pode repetir?!
— O problema não é o problema, e sim a falta de solução.

Ouço o pentelho do estagiário perguntar baixinho para o roteirista:

— Solução tem quantos "s"?

Preciso lembrar de dispensá-lo o quanto antes. Descruzo as pernas de cima da mesa e me levanto:

— Querem ouvir o *jingle* da campanha?

Diante de uma platéia estupefacta, dou meu *show* particular. Cantarolo, envernizando a voz, para soar como esses pagodeiros de ocasião:

> "Todo mundo precisa de amo-o-or
> Digo adeus, diga adeus à solidão
> Todo mundo precisa de carinho
> Todo mundo precisa de paixão..."

— É isso, é isso! Amor! — diz Mr. John, num português suarento, e me dá dois beijos no rosto. — Eu te amo, sobrinho! Eu te amo!

Aperto sua mão úmida, dou um tapinha nas costas do roteirista, faço um aceno para a gerente de *marketing* levar todos dali, inclusive e principalmente o estagiário pentelho, recomendo que discutam os detalhes e me tragam as soluções de varejo para serem aprovadas, implementadas e concluídas.

Acumulo cargos na empresa, tenho o domínio absoluto, sou senhor e escravo do Tempo, o todo-poderoso. Olho pela janela do 30º andar do edifício. Em poucos instantes as últimas nuvens róseas serão engolidas pelas trevas da cidade. Penso de graça que em outros continentes o dia vem pelo avesso: é a fome da luz que se alimenta da escuridão.

Voltar hoje a São Paulo, nem fodendo.
Anette está em casa, à toa, lendo um livro. Fica intensamente feliz ao me ver. Conto as façanhas do dia e comemoramos à moda, com muito amor entre as pernas. Pegarei a ponte aérea às oito da manhã. Vai chover canivete na paulicéia desvairada.

* * *

* * *

Roman tinha que ficar em São Paulo naquele fim de semana para participar de uma reunião de cúpula. Caso urgente, de muita importância. Sabia que isto aconteceria mais cedo ou mais tarde. Fiquei fria. Sugeriu que visitasse mamãe.

De fato, o passeio a Friburgo só podia me fazer bem. Andava confusa, descontrolada, dependente, insana. Uma temporada na roça colocaria o juízo na medida.

A chuva, a pista molhada, a monotonia da paisagem... Quase cochilei ao volante. Era melhor parar na estrada, beber um café, tomar o remedinho.

Cheguei à serra no meio da tarde. O caminho de barro e atoleiros. O sítio abandonado. Cobrei da empregada. Retrucou na lata: era muito serviço, mamãe dava trabalho, ganhava uma miséria, e isso e aquilo. Não pude nem discutir. Ela estava tão coberta de razão quanto o céu de nuvens, e os muros de erva daninha. Pedi ao menos que mantivesse os móveis limpos, sem poeira, e o assoalho asseado, porque minha mãe era alérgica. Decidi também contratar um capiau para limpar o mato. Teria que recorrer a uma mixaria que nem estava disponível, mas, enfim, ninguém capina um sítio inteiro em troca de muito obrigado.

Mamãe cochilava na cadeira de balanço, com o xale ao pescoço. A TV exibia um programa de auditório. Sentei-me ao lado, sem acordá-la. Gostava de vê-la assim, o rosto sereno. A porcaria do programa não tinha roteiro nem cenário, só um debilóide falando bobagens sobre o Dia da Independência, enquanto umas mulheres mostravam a bunda. Deus fez as almas invisíveis para que não fossem tão vulgarmente expostas...

Resolvi dar uma caminhada pelo jardim abandonado. No céu, as nuvens imitavam fantasmagóricas figuras do passado. Avancei até o quintal, sob os pés de manga, abacate, goiaba e romã. Caroços apodrecidos apinhavam-se no chão. Milhares deles. Ninguém mais colhia as frutas. No entorno era pior: a horta virou capim; as plantações de feijão e milho feneceram; os cupinzais e formigueiros multiplicaram-se além da cerca.

Minha mãe, que já andava pirada — sentia um "cansaço de mundos", vivia alheia, como um móvel da casa —, piorou ainda mais quando papai morreu. Eu, que nessa época passava uma temporada na casa do tio Albert, na capital, não fazia idéia do caos em que minha família ia se afundando. Aos poucos perdemos tudo: meu pai, os bens e a vida; minha mãe, a sanidade e a beleza; eu, o orgulho e a vontade. Aquelas eram as ruínas de nossas raízes, nossas mais evidentes cicatrizes, minhas cruzes.

Logo a noite adoeceu, salpicada de chuva. Tomei um banho frio (pois o chuveiro elétrico estava quebrado e ninguém havia de consertá-lo) e fui para o quarto. Em breve mamãe acordaria para jantar. Deitei-me na cama de solteira que me servira durante tantos anos e fechei os olhos, as lembranças retornando por suas próprias asas.

Num certo verão um primo nove anos mais velho chegou à serra para passar férias depois de uma longa temporada no exterior. Marcos era fino, culto, educado, alto, magro, olhos de onça. Usava ternos extravagantes e cabelos espetados e louros. Tocava saxofone, mascava chicletes, fumava gitanes.

Apaixonei-me no ato: o bicho-papão e o bicho-do-mato. Mas ele preferia a companhia dos empregados do sítio. Passava muito tempo com o filho do jardineiro. Saíam para caçar, laçar boi, cavalgar na serra, tomar banho de rio. Nos almoços em família dizia sempre que eu tinha que transpor a cerca daqueles currais, descortinar novos horizontes além das montanhas, correr mundo. Suas palavras não comoviam meus pais, que resmungavam e mastigavam, sem dizer que sim nem que não. E eu ali, babando, bêbada. À noite, sentado na cerca da casa, arrancava do saxofone tristes notas musicais que se perdiam no céu apedrejado de estrelas. Entre uma balada e outra fazia filosofia sobre a efeméride da vida.

Voltou no ano seguinte sem o saxofone mas com um cavanhaque comprido, cabelos pretos e curtos e uma enxurrada de CDs para mim. Ouvíamos doo-wop, power pop, rock-balada, e ele ia me contando a história de cada banda. Também foi Marcos que, naquela temporada, me ensinou as primeiras noções de inglês e francês. Para mim, que passara a infância e parte da adolescência na roça, ele era um maravilhoso ser do espaço, aportando com buenas vistas e boas novas.

Na última noite em que o vi, abrimos uma garrafa de vinho e acabamos neste mesmo quarto, sob a luz do abajur. Com ele aprendi a beijar.

Marcos morreu dois anos depois, de um mal então desconhecido. Alguns rapazes foram ao velório. Só então nós da família percebemos que meu primo era homossexual.

Mamãe acorda na sala.
— Oi, mãe, como tem passado?
— Este ano a colheita vai ser maravilhosa!...

Não demonstra surpresa ao me ver ali. No mundo em que vive, estou sempre por perto, conversando com ela de vez em quando.

— A colheita vai ser maravilhosa!...

Em seus olhos surge um brilho de brasa dormida. Olha pela janela, além, e enxerga nuvens na escuridão. De dia, segundo a empregada, vê estrelas no céu. Imagina grãos de milho no lugar dos caroços apodrecidos no quintal. Minha mãe, doida de pedra, e eu pensando em casamento, discutindo relação...

No fundo, meu medo era acabar como ela. Seu erro foi amar demais, entregar-se totalmente a um homem, até esquecer-se de si. Quando se deu conta, aos 60 anos, o tempo passara, arrastando colunas e pilares, sem apelação.

Tempo, tempo, implacável algoz...

— Está na idade de casar, minha filha, arranjar bom marido. Eu estou ficando velha, sabe, não posso cuidar de você o resto da vida...

Seus olhos sorriem para mim entre doces lágrimas.

— Mãe, tá tudo borrado! Você não aprende a passar batom...

Pego meu lencinho branco e retoco os lábios outrora tão bonitos.

— Minha filha, há muito o que fazer aqui na fazenda. Seu pai foi consertar o curral.

— Papai morreu faz anos, mamãe. E quem consertava o curral era o vovô...

Os olhos dela, subitamente fisgados por peixes-voadores, passeiam pelo teto. Os lábios murmuram, depois murcham. Tento entender as mensagens e os gestos, mas não consigo. É um idioma extinto antes da existência da luz.

Se detém no quadro do Dom Quixote na parede:

— Anette, eu nunca te contei... Cuidado que a pretinha pode ouvir... — falava "pretinha" rilhando os dentes. — Atrás desse quadro tem um cofre... Seu pai escondeu muito dinheiro ali... Guarde em segredo...

O mesmo tesouro já esteve enterrado ao pé da gameleira, numa botija dourada que nunca existiu, no rabo do rio que passa nos fundos da propriedade. No quadro do Dom Quixote era a segunda vez. Desde que Sebastiana fora embora, deixando em seu lugar a sobrinha, minha mãe nunca mais voltara a falar sobre o tal tesouro. Não confiava na nova empregada. Tinha medo de ser roubada em suas fantasias.

Jantamos rapidamente, a TV ligada. Mamãe faz comentários absurdos, do tipo "ué, mas esse homem não morreu na outra novela?".

Volto para o quarto louca para dormir, doida para sonhar. Na manhã seguinte despeço-me da casa com gestos vagos. Minha mãe dorme o sono dos anjos. Tranco para sempre no coração as lembranças daquele quarto úmido.

Ligo o alerta. Desço a serra em meio ao intenso nevoeiro da minha vida.

* * *

* * *

𝓜ulher é bicho complicado! Usa a estratégia da aranha. Primeiro prende uma perna, depois a outra, um braço e outro. Aí você explode a teia ou entrega os pontos. E quando pensa que acabou, ela começa tudo de novo. Por isso odiava discutir relação. De que adiantava, se no dia seguinte as mesmas questões persistiam? Para mim estava ótima essa transa com Anette, sem compromisso apalavrado, sem contrato de boca. Nosso namoro era uma cama elástica na qual poderia me espreguiçar ainda por muitos e muitos anos (o tempo pára, quando se é feliz!), mas Anette via com outros olhos, urdia planos, pressionava todo dia com a mesma história: que estava ficando velha, qual era a minha, a gente vai ficar nessa, a relação não evolui... Tentava me assustar com idéias de jerico: ia virar freira, ia fazer um curso fora, ia trabalhar de garçonete... Tudo que queria era casar comigo, só não dava o braço a torcer. Esperava que eu tomasse a iniciativa. Ia ficar esperando! Percebia seus movimentos, estava sempre um passo à frente dela. Até que um dia...

Um dia, no restaurante, pronunciei, solenemente, as três palavras que juntas têm o poder de mover mundos: quer casar comigo?

Como pôde acontecer? Terá colocado alguma coisa na bebida? Que nada! Vacilei. Bebi demais e ela me induziu com mil artimanhas. A alma do vinho nos deixa tontos, indolentes e falastrões. Aproveitando-se do meu estado, Anette colocou na mesa um montão de cláusulas. Já planejava — não fosse mulher! — a vida inteira: lua-de-mel na Itália; casa longe do burburinho; cachorros, gatos e passarinhos. Cortei o barato dela e delimitei o espaço de negociação: bicho, nunca; filho, bem mais adiante. E o principal: o casamento não poderia atrapalhar a vida profissional. Anette topou todas as condições. Só lamento não ter gravado a conversa. Mulheres só vêem, ouvem e lembram o que lhes convém. Mas não adianta chorar sobre o leite derramado. O rio morreu no mar, quem quiser que o beba noutro lugar.

Só no dia seguinte, ainda de ressaca, pesei e sopesei as vantagens da relação. Dinheiro não era problema: eu ganhava muito, gastava às burras, e ainda sobrava para farras afins. O dela mal e mal chegava ao fim do mês. Mas, além do nome de família e da extraordinária beleza da minha noiva, o que poderia listar como futuro patrimônio?

1) O sítio de Friburgo: casa alta, terra boa, agora churriada. Dando um trato geral, valia uns 500 mil. Mas o mato estava por todo lado; dentro. Se você fica muito tempo naquela casa, vendo os peixinhos mortos na água suja do aquário, periga o capim crescer pelo próprio nariz. E a mãe de Anette, velha louca que me olha na raiz, como que visse através?! Cruzes! O consolo é que um dia desses a coroa morrerá, deixando a herança para a minha doce esposa e seu fiel marido.

2) O apartamento de Copacabana: três quartos, copa, cozinha, sala de jantar e de estar, varanda de frente para a parede descascada do prédio vizinho. O metro quadrado mais

barulhento do Brasil. Ali Anette passava, acalorada, seus dias. Dava pra entender por que queria casar logo, morar comigo. Valia uns 150 mil mas, com tanta obra por fazer, ninguém daria mais que 90.

3) O apê de Ipanema renderia uns 300 mil. Também herança na certa, já que o tio Albert estava descendo a ladeira e não tinha descendentes, além de Anette. A casa vivia entulhada de antigüidades e bugigangas: relógios parados (cada qual marcando uma hora), chifres e cabeças de animais, cadeiras nas quais ele colocava cordinhas, como nos museus, pra ninguém sentar... Rico, o velho comprava o lixo nas lojas do gênero; remediado, passou a pegar as tralhas nas ruas mesmo. Estava criando a "arte da vida em movimento". Pernóstico, idiota! Tudo ali era pobre e decadente, entulho sem vinco ou vínculo, como ele.

Um dia, logo depois do pedido de casamento, fui à casa do velho visitar Anette, que convalescia de uma forte gripe. Recebeu-me com fidalguia e um desinteresse forçado. Tinha na boca um ar de nojo que o prejudicava imensamente. Enquanto preparava *margaritas* pra nós dois, disse que nunca tinha me visto na TV, nem ouvido meu nome nas rádios, ou lido nos jornais sobre minha premiada carreira. Aquilo me desconcertou um pouco. Estava acostumado a usar o prestígio da fama. Hoje tenho certeza de que ele estava mentindo.

— Anette me disse que vão se casar... Espero que você não a leve à loucura, nem que ela seja a sua ruína. São os melhores votos que um homem vivido e experiente como eu pode oferecer. Quanto aos dotes da minha sobrinha...

Aquelas palavras, de um ressentimento profundo, causaram muitos fungos no meu inabalável armário de sonhos. Anette, muito abatida, entrou na sala e mudamos de assunto.

Tio Albert é hipocondríaco, fica extasiado ao falar sobre novos remédios ou práticas médicas orientais. Assina revistas internacionais de medicina, por isso se dá ao direito de ser incisivo e arrogante. Sua conversa favorita é sobre saúde. Não admite nem ser interrompido: dita parágrafos e incisos, arrota erudição.

O tema do monólogo é a acupuntura e suas milagrosas agulhas. Mente que nem sente, o sem-vergonha. Mas ele não está nem aí para o que eu penso ou deixo de pensar. Toma uma pílula, dá outra para a sobrinha e sai saltitante a preparar *margaritas*. Agora sei de quem Anette pegou o vício.

Minha futura esposa engole o comprimido com um pouco de água. Deita-se no sofá, abatida, a cabeça apoiada em meu colo. Murmura que quer casar logo, voltar a morar comigo. Garanto com muito mel na voz que na hora certa tudo volta a ser como antes. Também sentia falta de tê-la por perto. Eu não possuía amigos.

De todos os propósitos que me arremetiam para o casório, além dos que já enumerei exaustivamente, há o item mais importante: eu amava aquele sonho, aqueles cabelos. A mulher da minha vida estava gripada em meu colo, com a ponta do nariz deliciosamente avermelhada, e a ela pretendia dedicar os melhores esforços de meus musculosos braços.

* * *

* * *

O pedido, o enxoval, o sonho. Finalmente eu podia relaxar e curtir a vida ao lado do meu futuro dono. Ser sua cachorrinha, ou o que ele quisesse que eu fosse. Eu fazia planos ousados de lua-de-mel, elaborava cronogramas e regras para o dia-a-dia, antecipava a agonia dos dias vindouros.

Quisera aquilo a vida toda, e entretanto, agora que concretizava o desejo, me sentia completamente... incompleta, inexperiente. O que a mulher tem que fazer para agradar seu homem? Cozinhar, costurar, passar, lavar, pintar e bordar? Dama na mesa, puta na cama, diz o velho ditado... E nos dias atuais? Prover ou nutrir? Será que ainda cabe a ele decidir sobre o que é melhor para o casal, ou isso também já era? O que fazer para não perdê-lo em meio à jornada: prendê-lo em casa, soltá-lo nas ruas? Talvez, fisgando-o pela boca... Tinha milhões de dúvidas, e nenhum 0800 para me dar as respostas. Mudaram as regras, e ninguém me avisou.

Vivo, assim, momentos de angústia e incertezas. Meus dias parecem não ter fim, consumidos em atividades preparatórias para o grande dia. E para não correr o risco de me arrepender, ainda faço de manhã um curso rápido de culinária, e à tarde corte e costura duas vezes por semana. À noite, literatura. Sei que, no fundo, é isso que Roman aprecia em mim, as qualidades intelectuais. Está pouco se lixando para meu corpo. Afinal, quantas vacas mais formosas já deve ter conhecido na vagabundagem da vida?

* * *

* * *

A face que Anette mostra, depois de se recuperar da gripe, é inteiramente desconhecida para mim. O pedido de casamento ativou algum mecanismo de evolução. Agora é ela quem delimita fronteiras, distribui verbas, controla minha vida, comanda o processo. Além do mais, de uma hora para outra, deu de ser puritana: até as núpcias, não haveria bispo que a convencesse a abrir as pernas! Eu interpretei a decisão como necessidade íntima e legítima de restaurar sua virgindade, símbolo da pureza do matrimônio. Bah, tudo chavão, xaveco, xavasca!

Consegui furar o bloqueio e dar uma ou duas trepadas convencionais. Às vezes Anette saía da dieta, batia uma punhetinha pra relaxar. Mas sempre repetia, como um risco no disco: "Só depois do casamento, só depois do casamento, só depois!" Era como estar na Idade Média, mas entrei no jogo dela. O jejum era até bom. Quando lembrava o suplício de alguns meses atrás!...

Minha noiva agilizou um monte de coisas, correu atrás dos papéis, contratou advogado, marcou cerimônia, visitou um sem-número de casas para escolher nosso futuro ninho. Seu dinamismo, tardiamente revelado, potencializava seus encantos. Amava Anette com o perigo dos olhos, a parede do tórax e um fogo intenso na alma. Amava como totem, deusa, musa, diva. Era como ser penta, e marcar o gol do título!

Amava-a com o brilho nos olhos, o espanto na língua, a embriaguez de todas as drogas.

Mesmo envolvida em tantos afazeres, além de cursinhos rápidos de eficácia duvidosa, ela ainda encontrava tempo e ânimo para me acompanhar nas festas. Tomava umas bolinhas e lá íamos os dois rodopiar nas pistas de dança, remoer canapés nos coquetéis, pescar conversas e rúculas em pérgulas de hotel. Anette, mulher perfeita, companheira de todas as horas. Éramos finalmente dois trilhos correndo na mesma direção.

* * *

* * *

Na véspera das núpcias dormi sozinha no apartamento de Copacabana. A cabeça, cheia de brincadeiras e fantasias, virou um parque de diversões. Sonhei que Roman era um centauro que, de tanto me amar, deixara em meu corpo inúmeras cicatrizes. Depois eu dava à luz uma grande ninhada de crianças, e as amamentava com meus sete mamilos! Acordei estranha, porém feliz. Pouco importava se ele não cumprira algumas cláusulas do nosso acordo. Uma delas era a viagem de lua-de-mel à Itália. Devia estar bêbado quando prometeu. Me garantiu uma surpresa em troca. Vamos ver. Se promessas me deixam aflita de ansiedade, surpresas, então!...

Consegui, sabe-se lá como, resistir a seus apelos sexuais. Era a melhor maneira de me defender das minhas próprias fraquezas. Escondera-me, voluntariamente, no centro de um redemoinho de cabeleireiros e festas. Chegávamos em casa tão tarde que mal conseguíamos deitar à cama. Muitas vezes Roman dormia na sala, bêbado. Eu ia levando — sendo levada — na flauta, na valsa, na salsa e no merengue. Não queria pensar sobre a nova etapa da minha vida. No fundo, me sentia ainda incapaz de me casar, mas quem não se sente?

À sombra de um passado remoto, um monstro sem nome provoca-me calafrios. Até um momento atrás estava radiante, e, de repente, fico apreensiva e agoniada. Vivo aos saltos, de um extremo a outro, e ainda tenho que mascarar os sentimentos para mim mesma e para o mundo. Senão, viro o fio.

Levanto-me bem devagar, no escuro do quarto, tomo o remedinho e volto pra debaixo dos lençóis. Hoje não queria existir! Fecho os olhos e tento não pensar, deixo apenas fluir. Minha mãe deu certeza de que vinha, mas duvido que consiga, presa que está naquele mundo de vacas e fantasmas, a terra doente como dente cariado. Lembro de papai, seu último dia nesta mesma sala, a respiração mais pesada que as cortinas.

O efeito das bolas! Agora me sinto leve de novo, e forte. O passado é um fardo que se esfarinha.

* * *

* * *

$\mathcal{O}$ templo estava abarrotado de personalidades, além de colunistas sociais, bajuladores e os aproveitadores de sempre esperando uma brecha para atacar as sobras. Alguns eram profissionais da boca-livre, eu os conhecia de outros coquetéis: faziam ponto em todos os eventos da cidade. Onde havia comida e bebida de graça, lá estavam eles, sempre com o mesmo terno surrado.

Anette chegou trazida por Baltazar, nosso padrinho de casamento, envolta na luz especial dos holofotes que eu mandara instalar por toda a igreja. Estava belíssima! O imponente som do órgão arrancou lágrimas de algumas beatas. Mulheres morderam os lábios de inveja. Homens lamberam os beiços. Fotógrafos esmurraram-se em busca do melhor ângulo. A chegada da equipe de TV tumultuou um pouco mais o ambiente. Era o que faltava para o início da cerimônia. Fiz um gesto para o padre, e quando ele começou a falar, todos se calaram. Ouvia-se o soluço de uma ou outra fêmea que ficara pra titia, e o barulho dos *flashes* estourando.

A cerimônia passou ao vivo na televisão. O que é a fama, o prestígio: 40 segundos no ar! O sacerdote fez todas aquelas perguntas, às quais Anette, chapada de bolinhas, respondia sim, sim, sim... Eu ria de felicidade e segurança, conforto emocional e satisfação.

O padre finalizou rapidamente a cerimônia, para não estourar o tempo da TV, e nosso beijo teve câmera girando, como em *Deus e o Diabo na Terra do Sol*, enquanto a multidão cantava "uh tererê!". Depois foi aquela correria para a fila de cumprimentos.

A equipe de televisão se mandou para cobrir outra pauta. Cheio de pressa, determinei que fosse dado apenas um beijo na noiva, em vez de dois. Anette, indiferente, parecia uma boneca de cera, dessas que enfeitam bolo de casamento. Ria de orelha a orelha.

Quem vinha me cumprimentar era despachado com um rápido e ríspido tapinha nas costas. Para mim a vida continuava, como sempre. Tudo era uma questão de ajustar o *timer* das coisas. O tempo, juiz da partida e dono da bola, não dá desconto nem prorrogação, e é preciso saber quando o jogo chega ao fim.

Cortei a babaquice do arroz, mas Anette, mesmo chumbada, fez questão de atirar o buquê para a turba afoita. Quem pegou foi uma dentuça tartamuda, que nem acreditou na própria sorte!

A limusine partiu sem frescuras ou latas, sem barulho nenhum, o ronronar suave de uma gata saciada. Só no Aterro do Flamengo Anette se ligou:

— Roman, já estamos casados?

* * *

* * *

Lembro apenas de ter sorrido o tempo todo, tanto que fiquei com os maxilares doendo. A série de beijos de Roman me despertou da letargia. Repentinamente me dei conta de que ainda estava vestida de noiva, com véu e tudo, como se tivesse saído de um baile à fantasia.

— Pra onde vamos?

— Surpresa! — ele respondeu ao sair do carro, carregando-me em seus braços fortes. — Durma, princesa, isto é apenas um sonho!...

Atravessou, a passos largos, o deserto deck da Marina da Glória, com meu corpo de plumas. O quente hálito em meu pescoço brisa. A noite mansa amena clara. Vozes alegres, pop rock, cabeça vazia. A lua cheia, o céu de estrelas cadentes...

Roman pega na mesa duas peças de sashimi, banha-as no shoyu e me dá na boca. Depois vai trocar de roupa, enquanto eu revolvo águas obscuras, intestinas. Depois, segundo ele, ocorreu o seguinte diálogo:

— Que barco é este?

— Não lembra, Anette? É a Shakti.

— Você acha que me compra com esses mimos?

— Qué isso, coração?!...

— Não sou sua escrava, nem sua sombra!

— Caralho! Que pasa?

— Você é tão vulgar!!!

As palavras pulavam da minha boca feito peixe-espada estalando no ar noturno. Ele puxou um chiclete, de saco cheio.

— *Você é nojento, papai!*

— *Ei, corta essa, eu não sou seu pai!*

— *Por que fez isso comigo, pai?!*

Me sacudiu os ombros:

— *Acorda, Anette, vamos esclarecer de uma vez por todas: eu não sou seu pai, certo?!*

O vento e a maresia me trouxeram à tona por alguns segundos:

— *Desculpe, querido. Estou com dor de cabeça. Acho que vou deitar um pouco...*

— *Vá, descanse, enquanto dou a partida.*

Na vaga lembrança, a bruma cegando a escotilha...

* * *

* * *

    Em Búzios havia uma casa à nossa disposição, cortesia do velho Mr. John. Ficara muitíssimo contente com a campanha de uma nova marca de batons para homens, que eu batizara de Ímã. Mesmo com aquele cheiro horrível de suor no terno ensebado e os dentes amarelos de mascar tabaco, mesmo nas crises de tosse e feroz apetite, eu amava o inglês. Era como um pai para mim.
    O barco deslizava suavemente, navegando a um quilômetro da costa, e o barulho das ondas me levou a um momento perdido da infância, papai ouvindo uma canção de Caymmi na preciosa radiola, enquanto mamãe costurava a camisa que eu tinha rasgado no futebol e meus irmãos faziam algazarra... A sensação de que, graças à música, o céu estava mais límpido, o ar mais lavado, a noite mais fresca. Um vento serpentino afastou aquelas toscas visões do passado. Liguei o rádio. Acertei no timão a rota. Peguei uma dose de Four Roses. Um mar quente acendeu-se em meu peito. Tinha me esforçado, fiz um curso, tirei licença de marujo. Ah, se meu pai me visse agora! Satisfeito, fiz uma rápida avaliação dos últimos acontecimentos:

    1) Na Heterogênea eu ditava as regras. Era o segundo na hierarquia. Acumulava cargos. Triplicava os ganhos. Tinha todo tipo de mordomia. Minhas conferências também

engordavam bastante o orçamento. Falava para um público seleto de homens de negócios, só tubarão. Na prática, trabalhava contra todas as teorias que defendera anteriormente, e os resultados eram os mesmos, mas quem se importa?

2) Na vida amorosa conquistara Anette, uma garota de sociedade, falida mas com estampa, educação de primeira. Viajada. Culta. Falante de idiomas. Meio *crazy* pro meu gosto, mas se eu fosse mulher também não sei se agüentaria a barra.

Já na altura de Arraial do Cabo avistei a Gruta Azul, uma bela construção natural de rochas que forma uma piscina em meio ao mar. Na maré alta, quando as pedras ficam ocultas sob as águas, é um perigo para os navegantes incautos. Neste momento, é um paraíso lancinante. Venço a pressa e, fisgado por uma invencível turbulência interior, desligo o motor e ancoro o barco. As sombras dançarinas nos convidam a uma intensa noite ao luar.

Desço ao camarote, onde reina um silêncio profundo.

— Anette?! Acorda, amor, vamos nadar com os peixes na boate noturna do oceano!

No escuro, sussurro para não acordá-la. Chego bem perto, acariciando seu rosto. Tem alguma coisa grudada no cabelo. Sinto uma cordilheira de gelo armar-se às minhas costas. Corro para acender a luz. Me deparo com a terrível cena: o corpo inerte, a face molhada de vômito, os *sashimis* afogados na espuma esverdeada que ainda escorre de sua boca. Ao lado, o vidro quase vazio. Bolinhas...

Desorientado, começo a esfregar seu peito. Anette respira devagar, como um trem quase parando! Vai morrer! Faço contato via rádio, disparo os sinalizadores, rezo para que tudo não termine assim.

Vinte minutos depois chega o helicóptero para o resgate. Dois médicos saltam a bordo do barco, numa operação arriscada e rápida. Uma máscara de oxigênio, colocada em seu rosto, começa a trazê-la do lugar sem nome onde havia se metido.

Na entrada da clínica, uma multidão de repórteres atravanca a porta, impedindo nossa passagem. Cambada de corvos, vampiros da vida alheia, corja de vagabundos, azarões, traíras, sempre à cata de uma história de sucesso ou um rotundo fracasso para vender seus jornais que no dia seguinte só servem para sujar os leitores com a lama das notícias! Empurra-insiste-pergunta-nega-afirma e de repente sem querer esmurro um babaca mais afoito. Juro! Foi como se meus punhos ganhassem vida!

* * *

* * *

Como entender meu comportamento na noite de núpcias? Ansiedade? Medo? Insegurança? Não segurei a onda. A repercussão na imprensa, o disse-me-disse do meio, a crueldade do sistema — tudo compareceu para meu desequilíbrio. Roman cobrou. Mas ele está metido nessa, não eu. Sou apenas coadjuvante, a pálida sombra que o acompanha a coquetéis de canapés, empadinhas e hipocrisias. O que minha vida particular interessa à plebe? Quantos cristãos e ateus, todos os dias, não dão entrada nos hospitais do mundo inteiro por misturar substâncias incompatíveis no liquidificador do sistema nervoso central? Nesse ponto sinto orgulho de meu marido: tinha mesmo que dar um murro na cara do repórter. Atrevido. Que raça!

* * *

* * *

Só no dia seguinte fiquei sabendo, pelos jornais, quem meus punhos haviam atacado na porta da clínica: o mesmo repórter que fizera a cobertura de meu casamento. Droga! Aquele episódio podia acabar com a minha imagem.

Para não ser processado, tive que pedir desculpas publicamente, visitar o escroque no hospital, posar para foto apertando sua mão. Por baixo dos panos, gastei fortunas com advogados. O que mais doeu foi ter que me desfazer da *Shakti*, meu barco de estimação, uma semana depois de tê-la adquirido. Vendi mais barato do que comprei, pois precisava de liqüidez imediata para aliviar algumas dívidas. Quanto mais você ganha mais você gasta, e quando você passa a gastar mais do que ganha, aí é que o bicho pega. Ainda por cima sentia-me idiota, por não ter tido a brilhante idéia de arrumar um patrocínio para o casamento. Paguei a festa, e ainda banquei o palhaço.

Era para estar puto com Anette, mas eu devia saber que ela não agüentaria a pressão. Por isso, dois dias depois do entrevero, resolvemos fazer nossa lua-de-mel no quarto da clínica mesmo. E foi uma noite longa e feliz. Conversamos bebendo da champanhe que eu levara escondida no bolso da gabardine. Ela me contou da infância. De como se escondia no sótão para não falar com as visitas que seu pai recebia. E quando vinham procurá-la, já havia fugido para o riacho ao fundo da propriedade, a observar os peixinhos entre as pedras. Nos dias de sol seu pai às vezes ia lá atrás, buscá-la, e demoravam horas. Ouvi bastante, mas quando ela começou a chamar todas as flores do sítio pelo nome, achei que era hora de voltar a falar sobre a minha pessoa. Contei que, quando criança, me escondia no alto de um pé de mata-fome, pra poder ficar sozinho; que meus irmãos mais velhos me batiam por qualquer motivo; que não tinha família nem amigos.

Falamos sobre nossos medos, culpas, atitudes, problemas, dilemas, inseguranças. Discutimos relação, mas entre bitocas loucas e coladas bocas. Nossas almas desciam o leito plácido e interminável de um rio, em uníssono, como um barco descortinando suavemente as paisagens agradáveis e cintilantes do percurso, sem improvisos, quedas ou traições.

E, finalmente, concretizamos a lua-de-mel.

Deitei-me ao lado dela com cuidado por causa de seu delicado estado de saúde. Enquanto minha mão direita acariciava seus cabelos, a esquerda procurava por baixo dos lençóis a simulação do paraíso. Abaixo da linha da cintura estava quente e úmida, como a floresta amazônica. Toquei um pouco mais fundo, nas cavernas de Minas Gerais. Minha outra mão desceu pela orelha, singrando mares de Noronha ao Recife. Minha boca aproximou-se, entreaberta, das dunas de Genipabu. Eu explorava por inteiro as riquezas naturais de seu corpo. Às vezes, em gestos rudes de garimpeiro; outras vezes, com mãos suaves de ourives.

Ela puxou-me sobre si, arrancou a gravata e a camisa social, apertou meus mamilos, rangeu os dentes. Alcançando as costelas, tocou fundo minhas carnes. Ergueu-se do quadril para cima, curada de tudo. Gosto de mulher assim, que toma a iniciativa.

A primeira rolou redondo, ela sobre meu colo, na perpendicular, a cama rangendo como um trem que sai da estação e vai ganhando velocidade. Vertigem! Alguém fez shiiii! no quarto ao lado, mas nós ouvimos foi chuíííííí!, e era nossa locomotiva apitando rumo ao infinito.

Anette vestiu um uniforme de enfermeira que estava dando sopa e me examinou por completo, frente e verso. Ela estava com a macaca! Por fim brincou que meu pau era um termômetro, colocou-o na boca para sentir a temperatura, chupou até a última gota.

Parece escroto contar nossas intimidades assim ao vento, para qualquer um que tenha ouvidos. Sei, a cama é um confessionário, mas, passado tanto tempo, é como se estivesse tirando a limpo as diferenças de outro casal. É como se não fosse comigo.

* * *

* * *

    Estávamos casados, de papel passado, e havia uma nova realidade a enfrentar. Roman abriu conta conjunta para mostrar o quanto era generoso comigo. Liberou talão de cheques e cartões de crédito. Uma excelente casa nos esperava no Alto da Boa Vista, e foi para lá que partimos ao sair da clínica. Ficava em centro de terreno, com jardins frontais e laterais e bosque ao fundo. Havia lírios no jardim!

    Eram dois andares: embaixo, salas de estar e de jantar, saleta de leitura e TV, closet, cozinha, dependências e varandas; em cima, quatro espaçosos quartos com suítes e um enorme banheiro. Tinha utensílios nobres, móveis raros, e mais um monte desses detalhes que engordam os romances convencionais: vitrais, sancas e que tais.

    Gostei de um quarto menorzinho, usado como despensa de entulho. Parecia o sótão dos meus dez anos, cheio de luz e simpatia, com vista para as árvores. A janela repleta de pássaros a bicarem-se por migalhas.

    Nos primeiros meses, organizar um lar dá tanto trabalho que você não pensa em mais nada. Depois o casamento cai na rotina. A minha era uma boa e confortável rotina, por sinal. Casa, marido, criadagem discreta. Quem não gostaria de estar no meu lugar, levando uma vida de princesa, sem preocupações de qualquer porte? Tudo informatizado, segurança intransponível, disponibilidade em caixa, viagens à vista?

Pois havia algo errado, comigo ou com o mundo. Não conseguia ficar leve e sossegada, no meio de tanto luxo. Não via futuro em janela alguma, nenhum róseo horizonte piscando o olho para mim. Quanto mais pensava, mais ficava em alvoroço. Tinha que arejar a cabeça, arar minhas terras. Estava num impasse tremendo, e premida pelo maldito tempo. O ímpeto de pular de um curso a outro arrefecera com a idade. A muito custo conseguia controlar a vontade de arrebentar os punhos na parede, os nervos em bagaço. A conclusão óbvia: o casamento não resolve todos os problemas da vida. Precisava trabalhar, conquistar meu espaço no mundo. Ah! Trocaria tudo — e mais uma geladeira, um microondas e um ferro de passar — por uma vida simples no mato, só nós dois cuidando dos bois em nossa casinha com chaminé, comemorando o nascimento milagroso de cada pé de couve e o surgimento programado das estações. No entanto...

Um sentimento de vazio foi corroendo meus alicerces, invadindo minha praia como uma maré incessante. As ondas arrastavam os móveis, botavam o teto abaixo, deixavam tudo de pernas para o ar, e não havia mais chão, só água. O corpo, em estado de choque, prestes a trincar de vez.

Minha tristeza era de natureza tão funda que nunca viria à tona.

Precisava buscar-me lá dentro. Mas tinha pavor do escuro.

* * *

* * *

  Rapaz, foram meses de labuta! Fazia de tudo para agradá-la, mas a sacana se fechava cada vez mais em si, distante. Conhecia bem minha mulher, a imprevisível Anette, que muda a todo instante. Era dar linha na pipa, segurar no carretel e acompanhar de longe seus movimentos, para evitar contratempos. Sempre havia a possibilidade de um vento mais forte tensionar a linha, a ponto de arrebentá-la. E aí, adeus Anette!
  Tentava distraí-la — não destruí-la —, e assim passei aquelas semanas inteiramente dedicado ao amor e ao trabalho. Mas é doloroso investir na segurança de um lar que você batalhou pra conquistar, oferecendo o melhor de seus esforços e recursos, para perceber, afinal, que nada daquilo será suficiente, pra ela ou pra você. E lá fora a vida, com tantos apelos sensacionais.
  Anette raramente freqüentava museus e cinemas, suas antigas paixões. Agora preferia percorrer os *shoppings*. Às vezes, num sábado bobo, íamos juntos às compras. Então entendia por que o cacau não sossegava na conta bancária. Anette gastava a rodo, pelo ralo, e ai de mim se reclamasse: ficava na ponta dos pés, atirava sete pedras, apertava os lábios e o bumbum. Gritava que eu devia ser preso, fuzilado pelas barbaridades que cometo na Propaganda. Para ela, gastar minha grana significava purgá-la de seu mal de origem. Ora, pombas, que maçada! Meu pior inimigo, dentro de casa?

Não havia condições políticas para cortar os benefícios conquistados por ela, mas poderia pressioná-la a prestar contas. Qual o quê! Não quis me dar satisfações. Então, por investigação própria, soube que comprava nas butiques e ia pessoalmente às favelas doar as roupas novinhas em folha! Anette expiava suas culpas torrando minhas conquistas!

* * *

* * *

Tentei conversar com ele sobre minhas coisas. Fazia-se desligado, recomendava psicanálise, viagens e iguarias. Não entendia como alguém podia ficar deprê naquele castelo de sonhos. Olhava lá de cima, bem do alto, como se eu estivesse falando algo extraordinariamente sem importância. O que ele queria era tão simples: que o poupasse de tristezas, em troca de vantagens e bijuterias. Seu ego engordava à medida que enriquecia. Meu Deus! Estava entregue àquele homem, para seu gosto, capricho e favor. Ele era o sol; eu, a lua, solitária e dependente do seu brilho.

Parei de ir às favelas, mas continuei gastando comigo o que chovia na conta bancária. Não usava roupas, e sim figurinos. Trocava de cabelo todo dia, encarnando a cada momento uma personagem. Curiosamente, isso tranqüilizou meu marido. Na cabeça dele eu estava feliz, e uma pessoa feliz "não dá defeito". Perguntava atencioso qual a grife dos meus vestidos. Naqueles modelos extravagantes voltei a freqüentar as festas. Saíamos para jantar com circunstanciais amigos que depois de um tempo de convívio desapareciam: Marizetti, a designer de interiores, que colecionava gatos mutilados ou gravemente doentes, sempre sozinha e fedendo a cigarro e a felinos; Mr. John, o inglês, com o cheiro das mulatas impregnado até no couro cabeludo; o idiota do Armando e sua namoradinha, ambos me paquerando disfarçadamente; e mais uma infinidade de gênios estéreis e beldades estúpidas. Bebíamos e comíamos do bom e do melhor, ríamos a valer, e chegávamos em casa de madrugada, embriagados. A tristeza afogada em jóias cínicas.

Aquilo era o meu casamento: sem sexo, sem melodias, só migalhas de gargalhadas perdidas na noite.

A peregrinação pelas butiques e delicatessens resultou em alguns quilos a mais. As roupas não cabiam em mim, o que me levava a comprar outras roupas. Os sapatos me apertavam? Comprava novos sapatos. Comprava, comprava, comprava. Um ano comendo porcaria o dia inteiro, e fazendo besteira! A estratégia de combater o tédio a golpes de cartão de crédito não dera certo. E, além do mais, gastar dinheiro é tão bom que vicia.

Com Roman só conversava abobrinha. Tinha medo de procurá-lo e ser rejeitada. Olhava no espelho e chorava ao percorrer minhas formas. De novo fui me afastando de tudo, eu, a bela que nunca teve amigas de verdade, a não ser velhas senhoras, já mortas ou esquecidas. Minhas únicas companhias: uns livros sobre filosofia oriental; e cinco gatos vagabundos que surgiram da noite para o dia.

Passei a aceitar a solidão como um bem, e aconteceu um pequeno milagre: larguei as bolas. Emagreci de novo. Entendi que podia. E o mais importante: descobri que o que faltava em meu casamento estava dentro de mim mesma, esperando visita, implorando respostas.

Neste processo comecei a escrever: tornei-me escrava de um novo poder.

* * *

*   *   *

    *E*ntro em casa feliz e exultante, porque tenho uma boa e bela esposa me esperando todas as noites sob a camisola fina. Chega um momento em que repetimos sempre as mesmas palavras, fica aquela conversa de surdos, mas a rotina faz bem ao casal. Ela fala do cabeleireiro, você comenta da planilha de custos, ela conta que viu um bem-te-vi na janela, você diz que o dólar subiu novamente, ela xinga o vizinho que jogou lixo na rua, você critica fulano que não entende patavina, ela espera sob a camisola fina...
    Os meses de festa tinham ficado para trás. Saíamos, se tanto, para jantar em restaurantes fora de linha. Minha mulher, que se achava gorda, fez uma série de regimes, mudou os hábitos alimentares, abandonou as romarias ao *shopping*, passou a levar uma vida quase monástica. Estava novamente um broto. Mas, em se tratando de Anette, a calmaria era superfície. Havia muito me acostumara a seus altos e baixos, sístoles e diástoles, baques emocionais, desequilíbrios.
    — Anette! Anette!
    Não está no andar de baixo. Surge de surpresa, no alto da escada. Usa uma bata indiana. Um cheiro de incenso vem lá de cima. Está calma como uma pluma:
    — Oi, querido, como foi o dia?
    Eu não conversava sobre os negócios da agência. Como poderia vangloriar-me dos extraordinários prêmios que acu-

mulava sem feri-la no orgulho próprio e na auto-estima? De vez em quando ela comentava, sem muita convicção, que queria trabalhar. Não sabe fazer nada! Então eu mudava o rumo da prosa, caía sempre no mesmo tema: os meus feitos e conquistas profissionais. Pra variar, trazia livros, discos e presentinhos. Anette já não gastava tanto, e graças a um empréstimo bancário eu conseguira equilibrar temporariamente as minhas finanças.

— O que você está aprontando aí em cima, amor?
— Vem ver a surpresa!

Subi correndo, já imaginando a bagunça. Anette brigava com os empregados, não paravam mais que dois meses. Cismava de fazer tudo sozinha e não dava conta do recado. Por isso, ao ver o local exclamei um ohh! de surpresa, em vez de um ah... de decepção. Ela conseguira transformar aquele depósito sujo e escuro numa reconfortante ilusão em rosa-claro e azul. Havia uma estante, uma mesinha e um sofá. O computador, que lhe dera de presente havia tanto tempo, brilhava, já obsoleto, sobre a mesa.

— Eu nem sabia que tinha essa vista da janela, por causa dos entulhos. Olha, Roman, há lírios no jardim!

O que a mulher não é capaz de fazer para ter seu homem por perto! Era uma bela tentativa, mas tive que ser duro e claro:

— Muito bem, Anette. Acho bacana o seu interesse. Mas eu tô legal lá na agência, morou? Já tenho minha sala, meu computador, os arquivos por perto. Sem querer te magoar, não vou trabalhar nesse cubículo!

Seus olhos me pregaram à parede, como punhais:
— O escritório não é pra você, ô metido, é pra mim!

— Ah, sei... — O chão fugiu aos meus pés. — Por isso o vasinho de plantas, esses lápis coloridos, os papéis perfumados...
— Tenho escrito uns poemas, quer ler?
— Ahn... Agora não, querida, sabe, foi um dia difícil, muito difícil...
— Imagino...
Ela resignou-se num canto, aninhando-se na almofada incrustada de pedras brilhantes onde Shiva abarcava tudo com seus quatro braços. Fui para o corredor, desconfortável, acendi um cigarro. Anette estava bem, isso era ótimo, mas até quando? Não podia dar muita força às idéias dela. Daqui a pouco resolve ser artista plástica e muda tudo de novo. Temia por outro fracasso. Tinha a cabeça fraca, não ia agüentar.
Voltei ao quartinho, parei à porta:
— Você não vem jantar, Anette?
— Perdi a fome!
— Ia me esquecendo. Consegui três dias de folga. Vamos para Buenos Aires, como daquela vez?!...
— Nem pensar.
— Você estava bem há um instante...
Anette desvencilhou-se dos meus braços de polvo e escorregou para a escada, no alto do corredor. Fui atrás. A existência daquele escritório já me queimava a frio, por dentro, feito o incenso do inferno.
— São essas bolas que você está tomando!...
— Presta atenção, Roman! — Era a primeira vez que falava comigo no linguajar típico das feiras livres. — Parei há um tempão. Se liga, mané! — Era a primeira vez que me chamava de mané.

— Pra que você precisa de escritório?

— Escrever é o que torna a minha vida suportável. Você não entende?! Eu tenho que me ocupar de alguma coisa. Me arruma um emprego. Eu preciso trabalhar!

— Querida, lá vem você com a mesma lengalenga, a mesma ladainha. Já falei e vou repetir pela milésima vez: emprego não existe mais, foi fruto da Revolução Industrial, acabou.

Na verdade, tinha medo de indicá-la para algum posto e queimar meu filme. Via seu comportamento: largava tudo pela metade, nunca levava os projetos a cabo. Mas não podia simplesmente esfregar essa realidade na cara da patroa, ainda mais na fase delicada em que se encontrava, ouvindo mantras e empesteando o ambiente de fumaça. Melhor deixá-la em paz, nas brumas de *maya*, ilusão, e fingir que não era comigo:

— Vai, faz uma massagem no teu fofo...

Anette chispa como um foguete para o pequeno escritório. Ponho o pé na porta, impedindo que ela tranque:

— Está com medo de crescer, *baby*?

— É você que não quer filhos!

Falou aquilo de chofre, como uma frase milimetricamente estudada que encontra sua exata ocasião. Aproveita para colocar a faca de dois gumes em meu peito:

— Você escolhe, Roman: ou filho, ou trabalho!

Furibunda, fecha a porta à força, e canta mantras a todo volume para que os deuses possam ouvi-la.

* * *

CAPÍTULO 3

Mais um dia de chuva

* * *

E ainda por cima surgiram os gatos. Cinco. Cínicos. Abusados. Pervertidos. Anette dava-lhes guarida. Ficaram malacostumados. Faziam xixi no *hall* de entrada, defecavam no jardim, pisoteavam as plantas. De noite miavam, desesperados. Malditos gatos. Queria matá-los!

Os demônios estavam tão confiantes que passaram a comer dentro de casa! Era só sair, ocupavam meu espaço. Quando chegava, espanavam. Ariscos. Safados. Covardes. Queria esganá-los!

Os pêlos deles empesteavam a casa, já tão bagunçada. Anette dava de ombros. Não sentiu cheiro nenhum, não viu gato nenhum, qual o pecado em ter um gato? Arre, égua! Adotara os bichanos só pra encher meus tutanos! Sem empregada (mandara embora, de novo, outra vez!), era ela quem preparava sua dieta indiana, e tenho certeza de que, na encolha, alimentava os sacanas. Porca miséria!

As roupas se amontoavam por todo canto, sujas e fedidas; não dava nem para entrar na cozinha, tal a pilha de pratos e copos na pia, as moscas zoando no ar. Cansei de reclamar. Anette não se importava com nada. Cozinhava seus legumes com água e sal, fazia papa de arroz e queria que eu comesse aquela gororoba. Nem pensar! Toda noite pedia *pizza* por telefone. A de anchovas deixava os gatos loucos. Ficavam a ponto de avançar, as narinas acesas. Mas o instinto de sobrevivência miava mais alto. Eles se achavam muito espertos, mas não eram maldosos como eu.

Anette vivia fora do mundo real. Escapista, ignorante e — nunca é demais sublinhar — pequeno-burguesa, acostumada a aparências e perfídias. Tinha também um raciocínio às vezes bastante primário, fruto de leituras ligeiras, orelhas de livros básicos. Era o senso comum em pessoa. Sobre os políticos, achava que "nem todos são corruptos". Sobre ecologia dizia: "Ah, não vou comer esse tracajá, não, tá em extinção." A Humanidade: "No fundo, todo mundo é bom, só está jogando no time errado!" Os índios: "Têm sabedoria, vivem em liberdade." Um dia saiu-se com esta pérola: "Roman, para algumas religiões orientais os gatos são nossos ancestrais." E aconselhou: "Por que em vez de cismar com eles você não os convida para um diálogo?"

Tinha me casado com uma louca, e só agora, três anos depois, é que me dava conta. Eu batia duro nos gatos: "Olha aqui, filho da puta, a próxima vez que mijar no carpete vou arrancar teu couro pelo cu, entendeu?!" O gato preto — esse era o pior de todos — ficava me fitando, cada músculo do corpo relaxado e retesado ao mesmo tempo. As pupilas estreitavam-se, cortantes como navalhas. Eu urrava, com fogo nos olhos: "Presta atenção, azarento! Vou enfiar esse charuto aceso no teu cu!" Então o gato piscava uma, duas vezes, desviava os olhos e, no maior desprezo, saía de fininho, lépido e fagueiro. No dia seguinte lá estava a indelével marca dos miseráveis no jardim ou no corredor, sublinhando meus dias ruins!

Às vezes passava pela minha cabeça: quem é essa estranha que arruma tantos gatos pra me foder o juízo?! Ela devia estar comigo, e não com os gaiatos!

* * *

* * *

Uma das gatas está grávida. Sei pela maneira como olha, o cuidado com que se movimenta. Compro peixe no mercado, escondida do marido, para alimentá-la. Roman reclama dos gatos. Tem horror aos bichanos. Que mal eles podem fazer? Mesmo o gato negro, com o qual implica mais, não tem culpa de ser negro. Eu os amo como os filhos que não tenho. Me ajudam a matar o tempo.

Não chegara aos 30, e já estava de saco cheio da vida. Precisava conquistar meu metro quadrado de paz, encontrar o olho do furacão. Sabia algumas equações: existência, consciência, bem-aventurança. A dor; o desejo; a cessação do desejo: nirvana. Difícil era aplicar esses conceitos orientais ao dia-a-dia. Quem sou eu para compreender a sabedoria milenar dos vedas? Como atingir a "Unidade Suprema"? Como encontrar meu Atman, o ser profundo? Se o homem tem o princípio feminino que o impulsiona, qual é a contraparte da mulher? O mundo mudou tanto, e as perguntas continuam as mesmas. Dúvidas, dádivas, dívidas.

Gatos e filosofias me distraíam da preocupação central: meus demônios haviam crescido em liberdade, arrombando meus cadeados, e não paravam de sangrar. E eram chagas de catástrofes remotas, extintas como o sânscrito.

* * *

* * *

Contratei um pé-rapado para sumir com a gangue de vagabundos. Levou três deles e soltou-os no meio do mato, que é lugar de bicho! Dois conseguiram escapar. Assinaram a própria sentença de morte. Era a hora da cilada.

De noite, aproveitando que Anette estava trancada no escritório, preparei a *pizza* de anchovas para os bichanos. Caprichei no tempero. Coloquei o prato com a iguaria bem distante, nos fundos do jardim. Na manhã seguinte acordei cedinho e fui ver o resultado da obra. Havia restos de comida espalhados por todo canto, mas nem rastro dos bichanos. Foram agonizar bem longe de casa, como o previsto. Recolhi rapidamente a prova do crime num saco de lixo, atirei por cima do muro no quintal do vizinho, e voltei a dormir.

Anette nem deu falta. Está na fase *mãe*: não pode ver um neném que já vem com bilu-bilus. Pergunta generalidades, pede pra pegar no colo. Mas não leva jeito, nem tem maturidade para assumir uma gravidez. Quem vai cuidar do recém-nascido? Então, pensando nela, e só no bem dela, tomei a dianteira dos acontecimentos.

No final do expediente, a caminho de casa, mandei o motorista passar pelo Humaitá. O carro parou no sinal e, como sempre fazia, a pretinha vestida com a camisa do Flamengo bateu no vidro oferecendo chicletes. Aparentava cinco anos, mas tinha olhinhos de dez. Puxei a moeda de um real e fiz sinal pra ela. Abri a janela:

— Ei, menina, tome... Não, não quero essa porcaria de chiclete. Estraga os dentes, sabia? Você tem parentes? Eles estão aí?

Meia hora depois e cem reais a menos no bolso, chegamos ao Alto da Boavista.

Quando soube dos meus planos de adoção, Anette virou bicho! Aos gritos, quis expulsar a pobrezinha. Disse que a menina podia ir para qualquer abrigo da cidade, bem longe dali, que ela não ligava. Me chamou de vigarista, plebeu, explorador de menores.

Saí de alma lavada. Toda aquela pose de boa-moça descia esgoto abaixo. Preferia gatos vadios a crianças! A xícara da ira espatifara-se contra seu próprio rosto, revelando sua índole. Caíra a máscara.

Dei 50 paus à pretinha e ela voltou às esquinas da vida, aos sinais de trânsito, ao chão sujo das calçadas, ao mar de merda que terá que atravessar se quiser ao menos morrer na praia. Me sentia malvadão por dentro, e isso me trazia um tremendo bem-estar. Sabia que daquela vez atingira Anette em pleno plexo, confundira sua mente, ferira de morte seu coração. Resolvi a controvérsia da maneira mais franca e contundente. Ela passaria um looongo tempo sem falar em filhos. E mais tarde tudo chegaria a bom termo, na sensatez ou no grito.

* * *

* * *

Vivo dividida entre meus eus e meus ais, sujeita aos relâmpagos da realidade. Deixei de lado livros, incensos e batas indianas. A filosofia oriental não responde às minhas questões básicas. Basta ver o sistema de castas na Índia, cruel e desumano; a discriminação contra os dalit, as desigualdades sociais perenizadas no aqui e agora. Aquilo, sim, é karma!

Pode-se dizer: o sistema de castas foi introduzido há 3 mil anos pelos invasores arianos; o que a filosofia oriental tem a ver com a miséria do povo? Toda religião acaba servindo a sistemas políticos, e a verdade é que eu não acreditava mais em nada, nem em mim mesma, quanto mais em governantes. E, de vez em quando, a sensação de que não estava chegando a lugar nenhum. Fugia da busca tão necessária. Na verdade, tinha medo de descer ao porão.

Antes os gatos me distraíam. Mas desapareceram da mesma maneira como surgiram. Gato é bicho malandro, quase lenda: gosta de liberdade, e tem sete vidas. Devem estar passeando por aí, atrás de outros gatos, para preservar a espécie.

O fato é que com Roman não conseguiria nem filho nem trabalho nem paz de espírito. Ele é do tipo que releva os problemas até todos explodirem na sua cara. Acha que tudo se resolve num estalar de dedos, num cheque assinado. Os meses se arrastavam, estação a estação, eu chegando à gare da maturidade e nenhuma resposta aos meus anseios. Só havia uma atitude a tomar. Mas qual?

A voz dele ressoa no salão:

— Amor, uma surpresa pra você!

Desço as escadas, e vejo a menina toda suja com a camisa rasgada do Flamengo. Oh, Deus! Deve estar morta de fome, frio, sede... Levo-a para um lanche na cozinha. Então fico sabendo da farsa. A pena logo se transforma em espanto, e o espanto em raiva, ao entender a proposta de Roman. Adotar uma criança, estando na plenitude de minhas capacidades maternais? O quanto estávamos distantes um do outro! Aos poucos, meu marido ia colocando de fora suas garras primordiais.

Tive uma crise histérica. A pretinha, coitadinha, ficou branca de tão pálida. Mas ninguém nunca lhe ensinou que não se deve acreditar em promessa de estranho?

* * *

* * *

    Conheço gente famosa que foi abandonada ou ficou órfã muito cedo: Chaplin, Clapton, Lennon... Eu, não: fiz-me órfão, parti, por livre e espontânea vontade, pois não suportava viver confinado ao acaso de pobreza que o destino me reservara. Se é que existe acaso! Talvez um velho de barbas brancas esteja mesmo no comando de tudo, brincando com o controle remoto das palavras, traçando nossos destinos nas teclinhas de um computador.
    Não, não, nonada. A cada segundo temos a opção entre uma coisa e outra. Escolhemos o que vestir, o que comer, com quem sair. Como é que o Cara, lá em cima, vai controlar isso tudo, saber da vida de cada um e de todo mundo? A menos que a gente esteja vivendo uma história já escrita. Talvez a gente seja mesmo a poeira do cocô do cavalo do bandido. Nós, esses bilhões de miseráveis que adubamos a Terra...
    Desde cedo fui impelido a sair por aí, em busca de outros úteros, para semear o futuro. Devo ter até alguns filhos espalhados pela vida. Quem sabe um menino de rua? Eu nunca havia pensado nisso!
    Anette não entendia que filho era o que eu menos queria naquele momento, por uma razão muito simples: não podia mudar o eixo da minha vida assim, de uma hora pra outra, sem mais nem menos. Eu, que me dedicava de corpo e alma

a conquistar um lugar ao sol, jamais me contentaria em trocar fraldas na madrugada e dar papinha de três em três horas na boquinha do sacana. Em verdade, meu medo era fracassar com ele, como meu pai fracassou comigo.

Hoje, seus olhos inocentes seriam minha salvação.

* * *

* * *

Tenho estado bem, apaziguada, uma monotonia só. Escrever me tranqüiliza, mas é antes terapia, trégua, acerto de contas, pacto de paz com meus demônios.

Procuro nos fios condutores do passado os elos da minha energia primordial. E sinto uma angústia imensa toda vez que volto à infância. É como se houvessem arrancado uma página da minha história.

Quando nascemos somos tenros e gordos como grandes cebolas. A vida nos descasca lentamente, contra a nossa vontade, e a cada camada também vamos nos descobrindo — há uma luz no fim do útero! —, deixando de ser algo para ser alguém, nesse doloroso processo de autoconhecimento, construção do ego, ser e não ser. Talvez ao fim da jornada nada encontremos, apenas lágrimas, e uma alma prenhe de pecados e desejos insaciáveis.

Escrevo sobre cebolas e lágrimas porque mandei mais uma empregada embora. Ah, como é boa a sensação de fritar o bife, ralar a cenoura, queimar o arroz... Agora entendo o que Nélson Rodrigues quis dizer quando aconselhou a grã-fina a lavar um tanque. Não chegaria a tanto, mas algumas lágrimas, de vez em quando, até que rolam bem sobre a minha face dourada.

Mamãe nada sabe de cebolas, nem de culinárias. Puxou à avó dela, na fazenda, a reclamar de calor e tédio. Era de uma família irlandesa afogada em álcool e dívidas. Um brasileiro afoito, *negociador de óleo de baleia, a arrebatou no cais, com promessas de infinitas riquezas abaixo da linha do equador. Meu bisavô!...*

Prosperaram à custa dos cetáceos, e puderam abrir outros negócios, principalmente na monocultura do café e na exportação de bananas.

Veio a quebra de 29, mas até mesmo essa fase negra da economia mundial foi superada com vantagens por minha família. Soubemos nos adaptar perfeitamente ao estilo nacional-populista de Vargas, e à febre desenvolvimentista de Juscelino. Estávamos com o Governo, em qualquer circunstância, como uma ostra agarrada às rochas. A derrocada veio no golpe militar. Novas oligarquias assumiam o poder, além dos tubarões que já haviam engolido os barões do café. O mundo foi nos descascando como cebolas.

Tudo o que nossos antepassados acumularam em 150 anos de pilhagem papai pôs a perder em uma década de incompetência. Parecia um urso, de tão grande e assustador, mas era facilmente enrolado por toda gente. Com sua inabilidade para os negócios, sua falta de visão, sua pungente e proverbial inépcia, papai foi o ponto final da família.

Creio em castigo divino, nesses casos. Cometemos tantas atrocidades! Só acho injusto pagar a conta sozinha.

* * *

* * *

Meu pai queria que eu fosse pedreiro e, como ele, chegasse um dia a mestre-de-obras. Danava-se de trabalhar. Repetia sempre, sublinhando a sua tosca visão de mundo: "É assim que pobre sobe na vida, dando duro, pegando o touro a unha." Ele não tinha direito a sonhar. Vivia na mão dos agiotas. E a sorte não fazia questão nenhuma de ajudá-lo, coitado. Pelo contrário, zombava dele. Imagine que meu pai apostou religiosamente no cachorro durante todos os dias de um ano inteiro, e aquele foi o único ano que não deu cachorro em toda a história do jogo do bicho!

Mas papai nunca esmorecia. Mostrava com orgulho o nosso futuro lar, que ia construindo com a força de seus músculos. Nos dias úteis ralava nos canteiros de obras; nos fins de semana pegava pesado na casa nova, erguida à medida que conseguia de uma maneira ou de outra o material de construção.

Era uma dureza!... Eu e meus inúmeros irmãos tínhamos que ajudar, transportando tijolo no carrinho de mão e virando a massa de cimento, areia e pedra. Papai nos ensinava as tarefas com o maior zelo. Alguns até levavam jeito. Eu, por ser canhoto, aprendia tudo ao contrário, um desastre! Desperdiçava material, e sofria castigo físico por causa disso. A minha esperança era ser liberado do serviço por inaptidão, mas meu pai adivinhava meus passos, e tome cascudo!

Dia de semana comíamos feijão, farinha e arroz, às vezes com sardinhas da xepa. Sábado era mocotó ou dobradinha; domingo, a penosa com macarrão, para alegria da cambada de glutões. Na hora de escolher as partes da galinha, preparada na panela ou no molho pardo, à moda "do Norte", meus irmãos mais velhos valiam-se de força bruta para desfrutar de regalias. Para mim nunca sobravam coxas e partes macias. Era sempre pé, pescoço, miúdos, crista...

De vez em quando Bafo-de-Bode, Cu-de-Bomba e Primo Elpídio davam uma força, aproveitando pra filar a bóia. Eram mais três disputando conosco a penosa. Em compensação, quando eles estavam por perto éramos dispensados do trabalho pesado, e pulávamos de alegria.

Enquanto a nova casa não ficava pronta, continuávamos morando numa meia-água que alagava nos períodos de chuva e esquentava quando o sol descia a pino sobre o teto de zinco. Era abafada e úmida. Vivíamos com o nariz a escorrer. A casinha ficava ao lado de um brejo onde, entre juncos e moitas de capim, caçávamos rãs para fritá-las ao pé de uma árvore qualquer, longe dos adultos. Assim brincávamos também de sobreviver, em meio aos mosquitos que a qualquer hora do dia nos atormentavam.

Com sete anos peguei maleita, e fiquei 17 dias de cama, sob uma montanha de cobertores, delirando no frio da febre. Ao me recuperar, o grande sonho, edificado tijolo a tijolo, estava realizado. Ainda vi, convalescente, a laje ser colocada. Meu pai chorou de bêbado, pagou picolé pros meus irmãos (o que era uma raridade), abraçou e beijou minha mãe à força. Ela, viga mestra da família, só abria a boca para criticar o que achava errado, mas ali não havia o que criticar, o trabalho estava bem-feito, sim senhor, e um brilho especial em seus olhos tingiu de um azul mais bonito aquela tarde de domingo.

A mudança foi rápida, na mesma semana, pois havia poucos bens a transportar. Para nós, o término das obras significava que podíamos, enfim, nos livrar dos adultos, e brincar com as crianças do novo bairro.

Foi uma época tão boa!... Qualquer pedaço de pau ou papel virava brinquedo em nossas mãos. O calendário era demarcado pelos folguedos: em junho, bola ou búlica; em setembro e outubro, pipa; em dezembro, nos jogos de férias, meninos e meninas se misturavam, para brincar de pique-esconde, queimado, pique-bandeira, carniça, amarelinha.

Futebol rolava o ano todo. Eu matava aula na escola pra bater pelada. Ia pro campinho bem cedo e só voltava no fim da tarde. Esquecia de comer. Só tinha fome de bola, e a cabeça cheia de sonhos.

Às vezes, já quase de noite, correndo sujo e suado atrás da bola, dava de cara com uma figura fantasmagórica: meu pai. Quando aparecia assim, de repente, era o bicho! Não dizia palavra, só me fuzilava com os olhos injetados de cachaça. Vinha de mãos para trás, escondendo o cinto ou um galho de goiabeira. Às vezes não tinha nada nas mãos, só o poder de me aterrorizar. Eu dava um drible de corpo nele e disparava pela ponta-esquerda, até cruzar a linha de fundo e me esconder na barra da saia da mamãe. Dali a um tempo surgiria no portão, ameaçador. Eu ficava em pânico, pedia penico. Papai batia pesado, como se sua mão fosse o martelo da justiça. Quando a sorte me sorria, o bruto parava no boteco pra beber com os amigos e chegava mais tarde, sem lembrar do assunto.

A nova casa ia aos poucos ganhando descarga no banheiro, pia na cozinha. Todos já podiam dormir em seu próprio colchão de capim. A cada pagamento meu pai esfregava as mãos grossas, contente e satisfeito, e prometia:

— Mês que vem a coisa melhora...

Assim os anos da infância renovavam-se e a gente nem percebia, tão inocentes e ricos de crédito na conta de Deus.

Onde andará meu pai? Será que já me viu na TV, arrotando especiarias? Ia entender, enfim, que minhas mãos não foram talhadas para ser escravas de outras mãos — jamais edificariam glórias alheias.

* * *

* * *

*E*screvo-me, elo perdido entre a menina inocente que fui e a mulher experiente que nunca serei.

Quando tinha 12 anos, procurei mamãe para mostrar um machucado que não doía. Pensei que era conseqüência do tombo que levara do cavalinho no jardim de casa. Ela me levou assustada para o quarto, trancou portas e janelas, baixou as persianas e, entre as bonecas da minha infância, me obrigou a prometer não contar a mais ninguém o que se passara. Concordei, estarrecida. Recomendou cuidado com a aproximação dos rapazes, e me alertou que aquilo me causaria problemas para o resto da vida. Dias depois a doença desapareceu, para voltar com mais fúria no mês seguinte.

Durante dois anos guardei segredo absoluto: dos vizinhos, das amigas, das inquisidoras do colégio. Mamãe, que àquela altura ia sempre ao Rio participar de eventos sociais, deixando-me com as freiras ou com papai, parecia ter esquecido o assunto. Eu, não: quando sangrava, me trancava no quarto, lívida. Perdia a vontade de brincar de boneca. Ficava estranha, agressiva, impaciente. Rezava. Nem às minhas orquídeas ousava revelar o incidente que, todo mês, encharcava-me de sangue e vergonha.

Um dia estávamos no vestiário da escola quando uma das meninas, a portuguesinha, comentou, piscando os olhos ardidos: "Ora pois, cá já estamos todas a menstruar... E tu, pá?"

Fiquei sem entender nada: mens trois?

As garotas riram da minha idiotice. Chamaram-me de lesma, fresca, mosca-morta. Caçoaram que porcelana não sangra. Só depois de muita galhofa concederam-me a explicação.

Tive ódio da mamãe! Alheia, irresponsável, omissa.

Mesmo quando papai morreu, ela não teve cabeça nem disposição para assumir os compromissos. Parti eu mesma para Campos, decidida a administrar a usina de cana, única empresa que restara do império familiar. Trabalhei como uma Scarlet O'Hara, tentando salvar o negócio, mas havia muitas dívidas, nada açucaradas, e me faltava experiência em contabilidade e falcatruas. Os empregados, em vez de trabalhar, entraram na justiça para reaver perdas salariais e direitos constitucionais; os fornecedores ameaçavam-nos; os clientes fechavam as portas; capangas armados rondavam nossa casa sem deixar pistas.

Até o safado do advogado tentou tirar proveito: sugeriu que eu me casasse com ele, em troca da hipoteca. Estava rodeada de rábulas, aves de rapina!

Dispensei todo mundo, fui em frente sozinha, encarei o tribunal. Depois de um pesadelo de papéis e togados, perdemos a usina. Então passamos a viver da pensão do meu pai e de uma renda que a qualquer dia se esgotará.

Ao cabo deste mar de desilusão, deixei mamãe — que já andava vendo coisas — com a empregada em Friburgo e voltei para o apartamento de Copacabana, onde passei a morar sozinha. Estudava uma coisa e outra, ocupando minha cabeça oca de atividades vazias. Surtei, numa boa. Trançava armadilhas e labirintos para não sair do lugar. Enredava meu medo em moedas de pânico.

* * *

* * *

Os silêncios de Anette começavam a me preocupar. Chegava a doer o distanciamento entre nós dois. Vivia trancafiada no escritório, escrevendo-se no computador. Mas quem se importa com os problemas de uma pobre menina rica, despreparada para a acirrada competição do século XXI? Daquela cabecinha confusa não podia sair boa coisa. Que ficasse lá, fechada no calabouço, produzindo moedas inúteis, enquanto eu me fodia comendo *pizza* toda noite. Sentia saudades de antigamente, de um tempo que não vivi, quando as mulheres existiam para servir ao marido.

Meu pai chegava em casa tarde, já pelas nove da noite. Mamãe preparava a sua comida, dobrava a sua roupa, aquecia o seu leito. Do que ele gostava: sopa e pão, arroz com feijão. Ela sentava-se à mesa tosca, enquanto ele jantava, e aproveitavam esses momentos para pôr os assuntos da casa em ordem. Mamãe tinha sempre muitos projetos para transformar nossas parcas economias em melhorias. Num fim de semana os moradores, por conta própria, puxaram um gato da Light, improvisaram postes e regaram as casas da vizinhança de luz clandestina. Aquilo foi uma revolução. Antes, quando escurecia, o pobre bairro mergulhava no breu. Acendiam-se aqui e ali lampiões e candeeiros de azeite de mamona, que era preparado artesanalmente pelos moradores. A gente socava num pilão e coava numa peneira. O óleo grosso e sujo era guardado em garrafas antigas de aguardente. Sob a fraca luz das lamparinas, ficávamos ouvindo num radinho de pilha as notícias do mundo. Agora a vida mudara: havia energia elétrica, um novo universo se abria para todos. Meus pais discutiam as prioridades. Já havíamos trocado o fogão a lenha por um a gás. A dúvida agora era geladeira ou televisão. Mas o dinheiro mal dava para comprar as pilhas do radinho... Papai dormia profundamente, e seus roncos podiam ser ouvidos até nos sonhos mais longínquos; minha mãe continuava acordada, às voltas com planos e contas, fazendo render cada centavo.

Um domingo por ano o chefe da família dava um banho de loja nos filhos e nos levava a percorrer o mesmo itinerário que ele fazia diariamente de casa ao trabalho. Mamãe foi conosco uma vez ou outra, acabavam brigando por isto e aquilo. Ela preferia ficar em casa, adiantando o serviço, passando o tempo a limpo.

O passeio era uma farra! Meu pai nos obrigava a passar por baixo da roleta, inclusive os mais crescidos, pra economizar o dinheiro da passagem. Nos intervalos entre um e outro ônibus ele aplicava o lucro em picolés e refrigerantes, que consumíamos como finas — e raríssimas — iguarias. No caminho ia apontando seus feitos: um prédio aqui, um viaduto acolá, uma escola além... Era o seu prazer especial, o bem único que exibia como um troféu de si.

Mas, quando não tinha trabalho, meu pai ficava terrível. Enchia a moringa nos botecos, ao lado dos vagabundos que, sóbrio, abominava, e depois passava o resto de suas horas nos espancando. Éramos os culpados por todos os seus problemas. Nesses períodos, ficava violento também com a mamãe, a tal monta que nove meses depois desembarcava um novo filho, mais uma boca para alimentar, vestir, calçar, transportar, educar, ufa! Sabíamos que às vezes meu pai comia mamãe à força, contra a vontade dela, mas isso era comum em toda a vizinhança. Nos raros momentos de desespero, ela nos odiava como se fôssemos culpados de ter nascido.

Filhos...

* * *

* * *

Fico nervosa em noites assim, insegura, com medo de trovões e fantasmas. Eles circulam pelos quarteirões da alma, quando visto o pijama. Nos sonhos há sempre dois homens absolutamente iguais, um bom e outro mau, que tornam a minha existência algo menos ou mais, comédia e drama. Caminho no xadrez de vidro, areia da praia, labirinto. Os dois decidem, no par-ou-ímpar, quem me abaterá sob as marquises. O bom quer me proteger; o mau quer me explorar. Mas ambos desaparecem quando o mar bate e a terra treme, em violentas crises. Acordo suando os sonhos, alarmada e lívida.

O teclado à minha frente pede entrega, verdades, palavras, gritos. Meus dedos hesitam. Por onde começar?

Uma corrente de ar rompe aos prantos pela janela da sala, derrubando a jarra de flores amarelas. Uma porta bate. Um cachorro late no crepúsculo. Será meu coração? Corro pela casa, asfixiando o vento, trancafiando seu movimento entre paredes invisíveis.

Sinto um sufoco!... O passado é a sombra de uma cruz que a gente carrega; uma sombra muito, muito pesada.

Mamãe dedicava sua vida a papai. Cuidava pessoalmente de suas roupas, de sua alimentação, engraxava até suas botas, pois queria vê-las sempre brilhando nos pés de seu pequeno deus. Ele, severo com todos — forma de camuflar sua tibieza nos negócios —, comigo era sempre gentil e galã, trazia bombons e bonecas. Eu estava segura por trás de sua armadura, e me sentia protegida dos males do mundo. O tempo tratou de despir-me, coluna a coluna, expulsando-me da fortaleza onde me escondia. Ignorado durante tantos anos, o terrível monstro que crescera à sombra assoma à porta, sufocando-me ao teto, avassalador. Eu tenho três alternativas: matá-lo, domesticá-lo ou entregar os pontos, morrer.

Abro uma garrafa de vinho. Mando a nova empregada embora mais cedo. Me tranco no escritório. Sirvo uma dose e bebo lentamente, em silêncio. Acaricio o computador. Depois de um século de indecisão, acendo um incenso. É agora ou nunca. E é para sempre.

Escrevo:

Era uma vez uma menina que amava o pai acima de todas as coisas e via o mundo com olhos sonhados. Beijavam-se de bitoca na boca, tal o carinho entre os dois. Nada faltava à princesinha, mas o que ela gostava mesmo era de passear no colo dele até os limites ermos da propriedade. Um dia o pai levou a filhinha para um passeio na picada das flores, rio acima, e ali, debaixo de uma árvore, assomado por demônios interiores, despiu-a com os dentes, antes mesmo de sangrar sua inocência. A menina fechou os olhos, entregue, atônita de dor. Mas não gritou. Estava com 12 anos de idade.

O rio descia calmo acariciando as pedras surdas, passarinhos bicavam delicadamente os troncos das árvores, sons que se misturavam ao zumbido e ao arfar daquele monstro que ela desconhecia.

Seu pai nunca mais foi o mesmo. Saía de casa quando ela entrava, era ríspido e evasivo, arredio. Depois de uns meses voltou a cercá-la. Mas a mão de Deus sempre o segurou. O desgraçado!

Abro as janelas e liberto o vento. Fino cavalheiro, ele reparte com meus cabelos fragmentos de outros destinos. E agora posso chorar lágrimas de luto e perdão: enterrei o cadáver insepulto que fedia em meu coração.

* * *

CAPÍTULO 4

O sol e a lua

* * *

    Abri minhas feridas na esperança de curar a alma, dar sentido à vida. Zerada, acesa, focada, buscava o ponto de partida. Tinha rodado por inúmeras estradas de asfalto, sempre com os vidros fechados, a paisagem distante, alguém ao volante. Estava determinada a caminhar por minhas próprias pernas, atravessar a qualquer custo o meu sertão. Mesmo a pé e descalça, de ponta-cabeça.
    Tanto tempo sozinha... Ainda haveria espaço para o amor em meu coração?
    O computador me pareceu o caminho mais seguro. A máquina perfeita para os solitários do mundo! Você não precisa ter cara, nome, traumas. Você é o que é, e mais nada. Um código genético. O computador só era usado para escrever. Uma das empregadas me ensinou a entrar na internet.
    Passei a freqüentar grupos de pessoas que nem sonhava existirem. Alguns chats *eram bem chatos, mas bebia daqueles papos como uma planta no deserto. E assim, sem mais nem menos, conheci Charles.*
    Quem é Charles? Charles é atalho, imagem, miragem, ninguém. Um espelho cristalino, sobre o qual posso estender os olhos sem tremer os cílios. Alguns bytes *a mais em meu coração de vidro. Manda poemas, dicas interessantes de* sites, *mensagens alegres como o dia. E quando desaparece, nuvens negras congelam meu sangue. Já escrevo coisas carinhosas também, e uma grande cumplicidade está a caminho.*

Respeitamos alguns códigos: não falar da vida real, por exemplo. Ele diz que tem 30 anos, é geólogo, mora num país africano onde se fala o português, gosta de poesia. Eu acredito, e não. Não quero, não preciso saber sobre suas mulheres, seu cotidiano, sua cor, sua religião, o time que torce, em quem votou nas últimas eleições. São detalhes. Saber é sofrer, e toda vida, por mais estúpida que seja, tem sua biografia, o peso da sombra. Cada qual com sua história às costas. Alguns já vêm com filhos; outros exibem tantas cicatrizes, no corpo e na alma, que não conseguem mais dividir a carga; há aqueles que partem exaustos, consumidos, sem sequer terem chegado; e estes que surgem no tique-taque do relógio.

Meu coração ecoa os tambores da África-mãe, o langoroso, sublime e primitivo tum-tum-tum-tum ancestral. Charles é lindo, exuberante, um fenômeno da Natureza. Vejo-o forte e altaneiro, um leão da selva adubando a juba, indiferente ao calor. Charles é tão negro quanto a noite, e sua testa brilha intensamente ao meio-dia. Escreve para mim de madrugada, por causa do fuso horário. E mal acordo, vôo no computador em busca de suas mensagens.

O rapaz me faz tão bem que voltei a cuidar de mim. Chamei um bombeiro para dar jeito nas torneiras, que pingavam sem cessar. Troquei lâmpadas queimadas há muito. Enfeitei os móveis com rosas e margaridas. Pintei a casa de cores claras e livres. O jardineiro limpou o terreno, plantou umas tulipas, mas gostei mesmo foi de ver de novo os lírios, tão líricos através do acrílico da janela.

* * *

*   *   *

Mr. John gosta de batuque, samba, mulata. Preciso fazer as vontades do cliente, tratá-lo a leite de cabra. É por isso que vou à farra, em vez de pegar o caminho de casa. Anette não entende que é parte do ofício. Despreza o meu trabalho, reclama a torto e a direito. Faço ouvidos moucos, mas quando me pentelha muito fico louco, sou grosseiro, toco feridas:

— Pior é quem não trabalha e ainda critica!

Ela cala-se, tranca-se no escritório, chora, desmaia, uiva de raiva. Se alimenta dessas pequenas combustões. Aquela creizice toda me enchia o saco. Era useira e vezeira em nada fazer, e não aceitava que alguém tinha que ganhar a vida — aturar Mr. John cantando sambas e mulatas horas a fio, debaixo de um temporal de tamborins.

Encharcado de caipirinha, o gringo bolina a jovem encolhida no canto da limusine. Estamos voltando da quadra da Mangueira, "minha escola do coração" — aliás, duas cascatas numa frase apenas, já que não sou Mangueira nem, como diz Anette, tenho coração.

Mas o que a gente não faz para agradar o cliente?

Na limusine alugada, com vidros à prova de bala, me afundo em pensamentos difusos, que passam tão rapidamente quanto os postes lá fora. O automóvel também possui um painel de emergência, com armamento de peso para casos de extrema necessidade. Sou bastante conhecido, só ando com nego bala-na-agulha, quem dá mole a pastel é banha.

Não acredito nessa história de violência no Rio de Janeiro. Eu nunca fui assaltado, só pela polícia. E olha que morei na boca da favela, vi matarem bicheiro na rua, ao meio-dia. Chamam isso de violência? É porque vocês não vêem televisão...

— Ei, Roman, quer entrar na brincadeira? — diz Mr. John, babando um português de caipirinha.

A mulata tenta se compor, mas o vestidinho micro de *courvin* não ajuda. Está sem calcinha. Minha cabeça voa novamente. Baltazar sabe que uns caras de outras agências andaram assuntando milionárias cifras. Mas minha aposta era já tão alta que nada mais me seduzia. Queria tomar o topo de assalto. Ser dono de mim mesmo. Conquistar minha liberdade. Sem processos, entraves, burocracia. Botei o boitatá na parede: ou me dá sociedade na agência, ou saio pra montar meu próprio negócio, levando alguns clientes, entre eles Mr. John. O bofe prometeu uma solução.

Eu era o dono das horas, mas, apesar de todo o regozijo pela confortável situação em que me encontrava, sentia falta de algo que tocasse meu espírito, que me fizesse perder o juízo, alguém com quem pudesse compartilhar tantas posses e conquistas. Anette, flor de meus dias, foi murchando, murchando, murchou. Aquilo fazia lacuna em mim, me maltratava, não sabia como resolver. Meu coração era um campo minado, temia dar um passo em falso e ir para o espaço.

— Tá soturno! — comenta a mulata, piscando as longas pestanas postiças. — Por que não tira os óculos?

Como explicar à piranha que graças aos óculos de 1.800 dólares, dotado de lentes especiais, posso ver a cor de sua alma por baixo da selva de pentelhos? E que ela ficaria melhor sem aqueles colares e balangandãs medonhos sobre as duas montanhas de silicone?

A mulata arreganha a boca pintada, mostrando dentes tão perfeitos que devem ter saído direto do Inamps. Abre um pouco mais as pernas. Joga mais álcool no fogo de Mr. John, depois brinca de afastar os mil tentáculos do polvo inglês. Eu nunca fizera sexo na limusine, por causa da posição ridícula, mas é sempre uma soma para os negócios esse cheiro de cliente no cio misturado ao perfume de fêmea no ócio.

A mulata paga um *blow-job* caprichado em Mr. John. Aquele bocão sabe tudo sobre sistemas e métodos de sucção. Em um minuto o velho está resfolegando, num inferno de gozos. A cena me deixa excitado. Pego o celular. Ainda sei de cor o número de Verônica e Gorete, as gêmeas louras que me faziam gemer nas noites vazias de solteiro. Combino o local de encontro.

O carro pára na Avenida Atlântica. Mando o motorista levar Mr. John para casa, deitá-lo na cama e trancar bem a porta antes de ir embora. O velho cochila e baba, indefeso, depois do suntuoso banquete.

— E você, lindona, segura teu cascalho. Até a próxima.

Passo o combinado e ela se manda, equilibrando-se no tênue salto do sapato, como um barraco prestes a despencar na encosta. Eu saio pela outra porta, caminho uns cem metros e entro numa taberna sórdida, àquela hora às moscas, na Prado Júnior. Peço uma caneca de vinho. Bebo pensamentos ordinários enquanto espero as gêmeas. Elas chegam dez minutos depois. Céus, estão detonadas!

A noite, velha escrota, é a mais cruel das cafetinas.

* * *

* * *

De vez em quando Charles rareia, e meu dia não vale um isto. A todo momento verifico o correio eletrônico. Esqueço de comer, deixo de existir.

Charles é um elixir. Mandara fotos suas, todas de mentira: moreno bem escuro, com turbante na cabeça; camponês em molambos, de pernas ressequidas pela fome; caçador de leões, espingarda a postos.

Charles era um vício. Imaginava-o de tantas maneiras: bem grande, cabelos crespos, queixo quadrado, nariz insinuante, olhos de tigre sempre atentos. Muito peludo, mãos e pernas grossas de correr na selva. Sem rugas, devido ao tom da pele. Gostava da maneira como ele encarava o mundo, em total acordo com as minhas reais posses; pois eu não tinha nada além das nuvens, das ondas, do vento e do mar adentro que começava a singrar, sangrando.

Graças a Charles retomei o gosto pela leitura. Corria às livrarias e às bibliotecas em busca das fontes eternas da inspiração. Os clássicos rendiam-me saborosas citações, com as quais preparava quitutes literários por e-mail para meu e-namorado virtual.

Falo tanto de Charles para esquecer meus problemas com Roman, namor, monarca. Amor. Poderíamos tentar de novo. Talvez um filho me trouxesse paz de espírito. Mas o cara só aparece tarde demais, contando vantagens, bêbado. Quando casei, *havia um projeto de vida: cuidar do lar, ter dois filhos, um cachorro peludo, um marido exemplar. Cinco anos se passaram, e nada de cachorro, filho ou marido: apenas abandono e estilhaços no coração.*

* * *

* * *

Karen entrou na minha sala acompanhada pelo Baltazar. Era a nova candidata para um estágio na agência. Nunca tinha feito publicidade. Mas, com aquela estampa toda, nem precisava. O boitatá nos deixou a sós, e ao sair piscou o olho gordo para mim.

A mina era um avião. Sua boca me conta que não quer mais trabalhar como modelo vivo, porque tem que ficar nua o tempo todo, papapá pipipi, pega um resfriado e aí pou. Daí seus olhos verdes dizem que começou a estudar propaganda, tatatá teteté, pipipi popopó, e os seios perguntam se há vaga, pananã pananã. Os quadris assumem os riscos, bebebé bibibi. Percorro seu currículo e fico muito, muito interessado. Não era a primeira estagiária que tentava me seduzir, oferecendo-se abertamente. A diferença é que esta é um avião, não dá pra dispensar. Além do mais, naquela etapa de vida, eu era o sol e Anette a lua, distantes anos-luz um do outro. Ficava dias sem vê-la, sequer nos falávamos. No início do casamento gostava de chegar em casa, conversar, contar vantagens, dividir novidades, fofocas e cochichos. Mas as mútuas mágoas foram nos abatendo. Veio a apatia. O lar tornou-se um estorvo.

Fazia hora no trabalho porque odiava ir para casa. A maior parte dos casais chega a essa fase com um nível de entendimento que prescinde das palavras; com a gente houve o contrário, um esgotamento irreversível de todos os recursos. Nosso amor era um pote de geléia envelhecida na geladeira. Karen, filé *mignon*, surgiu quando eu estava mais faminto.

Pensei em jantá-la ali mesmo na sala, mas podia pegar um processo nas costas por assédio sexual. Fui buscá-la no dia seguinte na faculdade, bem longe do escritório. Ela entrou no carro, demo-nos uma bitoca na boca, botei um Aerosmith no *laser* e pisei quente no acelerador. Karen passava batom, irrequieta, no ritmo da música. Usava um *collant* negro espertíssimo, salpicado de lantejoulas como o céu de estrelas. Perguntei se faltava alguma coisa naquela constelação. Apertou minha coxa com unhas de lagosta: "Você gosta de mandar, meu bem?" Respondi que sim, gosto de poder com p e com ph. Animou-se toda: "Eu também, também gosto demais!"

Me pediu pra dar "uma parada" pra pegar "uma parada" numa "parada". Fui. Ainda bem que era no Vidigal, e não em Parada de Lucas.

Parei o carro na entrada de um beco. Ela subiu a ladeira deserta e escura em estado de alerta, na maior bandeira, olhando para um lado e outro como atriz de seriado. Relaxei. Deus olha pelas almas estúpidas.

Vi gente trabalhadora subindo o morro ao fim de um duro dia de batalhas perdidas, os vagabundos jogando conversa fora e bebendo fiado nos bares próximos, a velha no portão arriado fumando seu cachimbo de cem dias. Um carro da polícia passeou com um farol aceso e outro apagado. Diminuiu a marcha. Os caras me regularam bem devagar, na pupila, tentando capturar um detalhe revelador da minha índole criminosa. Seguiram caminho. Devem ter me reconhecido da TV. Viviam de achacar consumidores, mas comigo não iam arrumar nada. Podia fodê-los com uma canetada só!

Já não me incomodava tanto o coquetel de cheiros e sons da favela. O esgoto corria pelos cantos da rua, misturando-se ao lixo — uma cena da Idade Média às portas do século XXI. Os barracos trepados uns nos outros como cachorros fornicando não lembravam nada as boas e velhas canções de morro dos ingênuos anos. Estrelas antigas insistiam no céu romântico, emoldurando a lua cheia de inspirações, mas neguinho tava cagando pra elas.

Karen só voltou meia hora depois, ligadaça.

O automóvel deslizou na ladeira tão silenciosamente quanto um congresso de mudos. O mar agitado no limiar da Niemeyer violentava as pedras, levantando o esperma das espumas. Eu em fogo dentro, consumindo a aventura.

Assim viemos parar no Miramar, motel semi-abandonado na Estrada do Joá, a meio caminho de casa. Decaído, decadente, a favela crescendo nos calcanhares. Tinha sido o preferido de uma geração anterior à minha. Oferecia uma vista belíssima do costão marítimo. O frescor da brisa, mesclado ao perfume das margaridas do campo, dava a sensação de que você estava ali fazendo a coisa mais certa do mundo.

A cocaína (misturada com certeza a outras substâncias) travava o meu cérebro, ao invés de libertá-lo. Depois de muitos anos longe daquela estúpida droga, olha eu aí no vacilo, tomando uísque batizado pra segurar a onda. E ela queria aplicar nos canos, eu é que não topei!

Fiquei pensando por que diabos garotas bonitas se estragam desse jeito.

— Eu só gosto do que não presta!... — disse ela, concordando com meus pensamentos, e emendou: — Você é gostoso!...

Estava falando de mim, comigo? Se gosta do que não presta, gosta de mim?! A paranóia batendo. Karen me olha fixamente, enquanto preparo mais uma parada. Ela chupa o ar, repetindo entre dentes:

— Você é gostosão, chefinho!... Dá um beijinho aqui...

Lembrei-me do tempo em que cheirava à vera, inclusive na praia, em pleno meio-dia. Em casa não conseguia ouvir nenhum disco, sequer uma música inteira, um único refrão. Fazia bico pra beijar alguém. Virava as noites pelo avesso, vivia às turras comigo mesmo.

Impaciente, Karen pegou a parada, bateu, esticou e mandou mais uma. O efeito era contrário em nós dois, como se estivéssemos consumindo drogas diferentes. Eu fiquei travadão; ela desandou a falar como nunca. Desfiou um rosário de céus, estrelas, teteté tototó, signos, luas, larará leleré, números, cabalas, bebebé bobobó, macumbas, quimbandas, candomblés e quibundas, pepepé pipipi, duendes, fadas e *i-chings*, pararã pararã. Dizia que no território do etéreo sabia tudo, era iniciada em artes místicas, assim, assim, assim, assim...

Pobre menina... Vem com esse papo-cabeça pra cima de mim, logo eu que tomo cachaça no café da manhã com o próprio capeta?!

Ela caminhou até a varandinha do quarto, que se projetava sobre um despenhadeiro, inclinou-se no parapeito e eu quase tive uma parada cardíaca! Meus sentidos estavam cada vez mais oblíquos, atravessados de sombras sólidas e agudas, mas conseguia ler com clareza as manchetes do dia seguinte:

"PUBLICITÁRIO EMPURRA MODELO PARA A MORTE."

A imprensa, que me havia elevado às alturas, agora agia com indiferença e má vontade. A atitude dos jornalistas começou a mudar depois da agressão ao repórter, no dia do casamento. Eu era mais uma vítima do corporativismo tupiniquim. E tinha certeza que, no primeiro vacilo, eles me derrubavam. Por isso, não podia dar mole:

— Venha cá, menina, não faça uma besteira!

De repente, alguma coisa arremessa Karen para o interior do quarto. Cai direto em meu colo, derrubando o copo de uísque no carpete e na cama.

— Tem um barco lá fora! É meu marido!

E eu nem sabia que a diabinha era casada! Olho por uma fresta. Tudo que vejo é um farol boiando nas águas noturnas, ao sabor do luar.

— Você está nervosa, Karen. Deve ser um grupo de pescadores, ou traficantes de armas descarregando a mercadoria...

Ela foge de mim, ouvido às paredes, rastreando complôs:

— Ouviu? — fala tão baixo que tenho que ler nas entrelinhas de seus lábios.

Bum! Apagam-se as luzes. Sons de metralhadora muito perto. O que seria aquilo?! Guerra de traficantes? Karen escorrega para a borda da cama. No escuro, derruba o pacotinho de pó, e o produto espalha-se pelo assoalho, misturando-se ao uísque.

— Droga! — ela esperneia.

Inexplicavelmente, aquilo me excita. Começo a passar as mãos por todo o seu corpo, como se tivesse mil dedos. A energia elétrica volta num repente, broxando o clima. Em desespero, a garota passa os dedos no chão e esfrega-os na gengiva. Eu não agüento ficar ali nem mais um instante, mas a iniciativa parte dela:

— Fui!

— O quê?! Ei, volte aqui, Karen! Olha o perigo lá fora!

A sem-vergonha já desliza só de calcinha pela porta dos fundos, carregando nas mãos o *collant* e os sapatos. O vento forte na copa das árvores abafa o fafafá de seus calcanhares no mato úmido. Some nas sombras, os grandes olhos verdes, imensos de branco, assustando mais as criaturas noturnas que os relâmpagos e trovões.

Lá fora o silêncio é tão nítido que dá para ouvir o barulho das ondas do outro lado do Atlântico. Nenhuma embarcação à vista. Nenhum tiro de metralhadora. Que lance esquisito!

Visto a roupa, pago a despesa, ligo o carro e subo a ladeira do Joá rangendo os pneus de raiva. Três horas jogadas no lixo. E eu não queria nem pensar no dia seguinte!

* * *

* * *

Eu entrava na internet o tempo todo. Ia, vinha, voltava, volvia. Nada. Charles desaparecera. Aí é que minha vida empacava, perecia. A casa no bagaço novamente. Não conseguia organizar meu cotidiano, só esperar em vão — coração na boca — as pílulas de felicidade que chegavam cada vez com menos freqüência.

Soube que seu país estava em sangrenta guerra civil. Colapso total. Passei a acompanhar o conflito atentamente através dos jornais e da televisão. O locutor, imparcial, ocupa-se das estatísticas. Nas imagens todos os africanos são iguais: na fome, na miséria, no desespero, na desesperança, no desconforto, na insegurança, na morte. Montanhas de corpos amontoados na carroceria de velhos caminhões. Entre os sobreviventes, nenhuma expressão de asco, horror ou vergonha. Nenhum traço de dignidade. Tantos seres humanos jogados no lixo do mundo!...

É longe, é na África, quem se importa se aquelas pessoas amam, têm filhos, são felizes, sonham acordadas, morrem dormindo? Dói um bocadinho, mas depois acostumamos com a ferida, é só coçar um pouquinho que logo passa.

Não esperava encontrar Charles na vala comum dos desvalidos. Me dissera pertencer à alta dinastia dominante em seu país. Tinha privilégios. Só que agora os guerrilheiros invadiam as cidades, roubavam os centavos, queimavam os corpos. Charles em apuros e eu, enrolada em melenas, amadurecendo os sisos!...

* * *

* * *

𝒫assei a freqüentar lugares comuns, bares da moda onde podia encontrar mesas repletas de mulheres disponíveis para pessoas interessantes e influentes como eu. A cidade estava cheia delas. Surgiam em levas, formigas loucas de pedra em busca do açúcar do caos urbano. Eu as via a cada verão: sua ascensão, glória e declínio.

Karen, que me deixara a ver navios num motel barato, desaparecera, para meu conforto e segurança. Ela era a maior sujeira, chave de cadeia. E havia todo tipo de gata dando sopa na praça.

Durante aquela estação o Bamba Boom foi meu *point* favorito, minha segunda casa. Lá você obtém tudo o que precisa para uma perfeita noite de perdição. A preço alto, mas o que importa é a qualidade, não a quantidade, já dizia o avião. Naquela noite não queria nada de especial, só dar uma bimba básica, pra relaxar os culodinos.

Biritei um tempo em pé, as garrafas refletindo o brilho do ambiente. Tinha feito um reconhecimento geral logo na entrada, de modo que minhas atenções fixaram-se na presa mais fácil e rápida de abater: a mina de cachinhos de ouro que ocupa a mesinha do canto esquerdo, na parte externa. Carinha de cachorra, no bom sentido. Um colosso do pescoço pra baixo.

Quatro mulheres acabavam de levantar da mesa ao lado dela, visivelmente frustradas por estarem novamente indo embora sozinhas. Molhei a mão do *maître* para conseguir a vaga na frente dos outros clientes.

Cachinhos de Ouro tentava comer *sushi* de *hashi*. Desmanchava o arroz, derrubava o peixe, espirrava o *shoyu*, fazia a festa! Quando percebeu que eu estava olhando, riu aguada e levou a mão à boca. Devia ser tímida, além de oxigenada. Cheguei junto, salvador da pátria, armado de todo o meu poder de sedução:

— Com licença, princesa dos cachos de ouro, posso ajudá-la?

Ela quase riu de novo, mas era nervoso, e seus cílios tremelicaram um sim. Inclinei-me sobre seus ombros e, com a boca colada a seu ouvido, passei a dar instruções muito precisas. O calor das minhas palavras seria capaz de derreter um *iceberg* aquela noite. Cobri suas mãos com as minhas, que também estavam pegando fogo, e fui ensinando a comer de pauzinho — era só manter uma das hastes fixa e a outra móvel, com jeito. Ela virou o rosto para me encarar e acompanhou com olhos ávidos o movimento dos meus lábios:

— Está com as mãos limpas? — perguntei, sussurrando e fazendo beicinho.

Ela assanhou-se toda:

— Mão limpa?! Pra quê?!

— É que no Japão o *sushi* é pego com as próprias mãos e...

Bem, tive ainda que explicar a diferença entre *sushi* e *sashimi*, enfim, começou a dar um trabalho... Resolvi queimar etapas. Com mais três segundos, estava sentado de frente pra ela. Com dez, sabia sua ficha básica: Adelaide, professora de inglês. A voz, cruzes, era irritante como um rádio fora de sintonia. Não valia mais que umazinha. Peguei um atalho:

— Você vai ser minha professora.

— Meu método é *easy*, pá e bola!
— As aulas começam agora. Não, deixa que eu pago a conta.
Não é pra me gabar não, mas quando quero sou irresistível! Ela abriu largo sorriso, logo encoberto por uma das mãos. A despesa era de trinta e poucos paus, mas deixei sobre a mesa uma nota de 50, para impressioná-la. Dei mais dez ao manobreiro, e fui atendido na frente. Exibia meu poder de fogo para mostrar que não admitia obstáculos à minha vontade.
Arranquei batido, espalhando lixo pra todo lado. Minha mão subiu dois palmos acima do joelho da Adelaide. Sua resposta foi baixar o espelhinho do carro e pegar na bolsa o estojo de maquiagem. Sem trocar mais nenhuma palavra, fomos direto ao Panda, ali em Botafogo, e emburacamos na primeira aula:
— *Fuck me!* — ela soltava a língua.
— *O God! O God!* — eu repliquei.
— *Not God! Good!*
— *I'm a bull!!!*
— *Not boo... Bull!*
Aquela voz intolerável corrigindo minha precária pronúncia!... Estava quase desconcentrando, mas já tinha gasto uma baba com aquela moça, não podia falhar. Apelei para meus instintos animais:
— *I'm a pitbull!*
— *Yes! Yes!*
Ela agora curtia o barato:
— *Fast! Slow... Fast! Slow... Faster! Fucker! Faster! Fucker! Slooooooow! Slooooooow...*
Aí é que eu maltratava mesmo:
— *Good! God! Godzila! Good! God! Godzila!*

Eu vivera algum tempo dedicado a uma única criatura, quando no mundo existem pelo menos sete mulheres e meia para cada homem! Levando em conta a quantidade de homens que preferem a companhia de outros homens, este número aumenta bastante. Eu queria as que me eram de direito e mais um monte delas! Não me importava de pegar do quintal dos vizinhos, nos botecos ou nos salões imperiais. Me sentia renascendo para a vida! Tinha ereções diárias e sadias.

Dez minutos depois, estava tudo acabado. Ela quis me beijar na boca, mas me levantei num estalo de dedos para pegar uma cerveja no *freezer*. Uma coisa é transar, outra é beijar na boca. E alguma coisa me alertava. Adelaide puxou um baseado da bolsa, fumamos e bebemos juntos. Mais relaxada e solta, ela começou a falar de seu passado e de seus futuros planos, uma fieira interminável de episódios sem importância. Estava meio bêbada e doidona, rindo bastante, e eu pude perceber por que a toda hora levava a mão à boca: faltava um canino em sua arcada dentária. Aquilo era de lascar, principalmente depois do orgasmo, o corpo saciado.

— Adelaide, tenho que acordar cedo amanhã. Quanto te devo pela aula?

— É de graça, mas você tem que prometer que vai me telefonar pra gente se ver de novo... Meu príncipe encantado!...

Ela aproximou-se, querendo me beijar de novo, toda sensual e insinuante. Oh, Deus, ficava mais pavorosa ainda!

— *I promise!* — eu disse, driblando-a até a outra margem da cama, onde estavam meus sapatos.

— Olha, promessa não é vento, hein? É dívida! Anota meu número.

— Não precisa. Diga e eu guardo de cor. Minha cabeça é uma lista telefônica!

Ela mexeu na bolsa, pegou um papel e uma caneta e anotou, pronunciando com cuidado o nome e o número para certificar-se de que, de uma maneira ou de outra, eu não teria desculpa de não procurá-la. Guardei o papel no bolso da calça e vesti o paletó rapidamente. Adelaide me olhou desconfiada. O fulgor que residira em seu rosto até aquele instante desmanchou-se por completo, como maquiagem na chuva. Ela resmungou, num muxoxo muito triste:

— Você vai fazer como os outros: primeiro *in* ni mim; depois, *out*!

Eu ri às escâncaras. Ela, ao contrário, caiu em prantos, queria se atirar pela janela. Um espanto! Outra louca para entrar na história...

* * *

* * *

  Tomei coragem e fui discretamente à embaixada em busca de informações. Mas nada sabia sobre Charles: seu verdadeiro nome, o número de identidade, os traços físicos.
  Foi um período duro em minha vida, de muitas revelações. Nunca me dera conta de tanta desgraça. Pela primeira vez olhava em volta, além do meu umbigo. O mapa do mundo mudava a cada mês. Mais de cem guerras eclodiam em países que eu sequer sabia existirem. E as pessoas, onde estavam, quem eram, por que não faziam nada no meio desse bombardeio de informação?
  Vizinhos brigam entre si. Povos lutam por ideais, princípios ou príncipes que não lhes dizem respeito. A Humanidade multiplica-se de complexos. O indivíduo desgarra-se do grupo, aventurando-se por estradas interiores.
  Papo-cabeça. Impotência e vergonha. Alienação.
  O noticiário da África me traz sempre à memória a pretinha flamenguista.
  Oh, melancolia, mornas águas.
  Passei a voar todas as tardes. Às vezes caminho no bosque, ou passeio no calçadão da praia, quando a Barra está limpa. As árvores estão tristes no outono, as gaivotas voam em rimas, e meu espírito mergulha no vazio.

* * *

* * *

Você ligou para Adelaide? Nem eu. O verão tinha acabado, mas as brincadeiras continuavam outono adentro. Havia uma fabulosa fauna a degustar, e ainda nem chegara à metade do cardápio. Ciscava aqui e acolá, comia louras e morenas, mandava uma letra, rolava um lance e miau. Fiquei craque nisso. Da abordagem ao orgasmo, controlava todas as etapas de uma relação sexual. As mulheres ficavam atrás de mim o tempo todo, que nem mariposas à luz. Rolou uma temporada inteira, até a hora em que me enchi de tudo. A coisa ficou tão mecânica que enfastiei. Comia por comer, na bandalheira, sem apetite de verdade.

E justo quando estou sossegando, a roleta do destino dá uma guinada e detona o segundo *plot point* em minha romanesca vida: Norma, *jazz* ligeiro, senhora das alucinações...

Me lembro como se fosse ontem. O Clube da Infantaria resolvera pela primeira vez abrir seus salões para um evento externo, a festa de lançamento da nova campanha do perfume Amor. Todo mundo bêbado o suficiente para pular de roupa na piscina, transar no bosque, cheirar na sala, essas coisas desagradáveis. Minha mulher, que brilha em ocasiões assim, não quis vir. Tanto melhor, fico livre pra circular de roda em roda.

A cada metro quadrado recebo um cumprimento pelo êxito da campanha. Quando uma conversa me enche o saco, invento que preciso ir ao banheiro, e assim vou levando. Mas tem sempre o chato que, se você deixa, te acompanha até a privada. Rodrigo Peixoto é desses — um escroque tentando se dar bem na selva dos negócios. Quer botar banca na praça, mas não tem lastro. Traz uma modelo de 35 reais em cada braço. Derruba cristais por onde passa. Tento ficar invisível, mas seus olhos de falcão noturno não me deixam escapar. Larga as vagabas em qualquer vaga do imenso estacionamento humano e vem me dar "aquele abraço".

— Pô, Roman! Sabe que sou seu fã? Olha, até rimou!

Vou pegando pelo colarinho. Falo na cara, sob a máscara de um sorriso:

— No jornal você disse que eu era um blefe. Tá a fim de levar um tabefe, patife?!

Os fotógrafos incitam-nos, prontos para o clique fatal. É tudo o que meu desafeto deseja. Eu não posso fazer o jogo dele. Dou-lhe apenas um puxão no cavanhaque. Seus olhos injetam-se de ódio. Como somos todos hipócritas, sorrimos para os *flashes* que espoucam entrelinhas.

Ganhei ali um inimigo para sempre. O cara escolhera a mim como inspiração e objetivo profissional. O alvo era chegar onde eu estava, sem fazer força, utilizando minhas armas. Posso ter um monte de defeito, roubo idéias alheias, mas não vem chupar meu sangue! Aquele zé-bundinha queria se criar logo em cima de mim?!

Zanzei pelo pátio interno de uma das alas do Clube da Infantaria, onde garotas seminuas tomavam banho de lua ao som apimentado de um trio *mariachi*. Vi Mr. John ao longe, caipirinha na mão, rodeado de capoeiristas suados e languorosos. O velho inglês caíra de boca nas brenhas do Rio.

Como uma grua humana, giro em torno de mulatas em brasa e esculturas em bronze. Negões brilhantes de purpurina servem bebidas finas e variados quitutes, de jacarés a tartarugas, vestidos apenas de colares e tangas sobre o par de miçangas. Os convivas sacolejam no salão de festas.

Afogueados pelo álcool, meus olhos percorrem corpos femininos, em busca de abrigo. Vislumbro uma garota solitária, à beira do lago, às voltas com algo que não encontra na bolsa presa ao ombro. Faz um belo contraste com o sóbrio ambiente, pois está toda de negro: camiseta, *jeans*, tênis... Como conseguira entrar com aqueles trapos? A distância dou nota oito. Mas quando chego junto, ao contrário do que sempre acontece, a cotação aumenta até bater no teto!

— Posso ajudar em alguma coisa, princesa?

Ela levantou os olhos, que sorriam marotos, e eu juro que vi sereias cantando em suas pupilas:

— Acho que um desses grã-finos bateu minha carteira...

O mar daqueles olhos me arrastava na direção de um horizonte perigoso e fascinante. Não resisti:

— Vem cá, você existe mesmo ou é só o ano-novo chegando mais cedo?!

Ela riu, encantada, e os olhos, ah, os olhos sorriram junto!

— Em volta só vejo bandido: banqueiros, juízes, políticos, policiais, empresários, jornalistas... Você também faz parte dessa corja?

— Sou apenas o mentor intelectual.

— Ah, sei, o fodão, a eminência parda, o Professor Pardal!

Um homem forte, uns dois metros de altura, me tocou no ombro:

— Você é Roman, o gênio do *marketing*? Muito prazer! — Virou-se para a senhora gorda que o acompanhava: — Veja, Dora, foi ele que inventou aquele comercial da margarina!

Os dentes da velha saltaram boca afora como uma coleção de facas. Ela devia ter de largura o equivalente à altura do marido:

— Mas na TV parece mais alto, não é, Pereira? — as palavras saíam trituradas da boca da fera.

— Com licença, estou levando um lero aqui com a moça...

Aproveitei que Rodrigo Peixoto vinha passando e o apresentei ao casal. Ficou lambendo o saco do portuga, dono de uma rede de supermercados. A garota riu da cena. Eu desprezara um cliente importante para impressioná-la, e estava só no começo.

Depois de muitas gargalhadas e taças de champanhe, ela me convida para ir ao Venus.

— In venus veritas! — concordo entusiasticamente.

Atravessamos as sombras da noite em alta velocidade, as luzes dos postes promovendo *flashes* de *closes* insólitos e descontínuos: feixes de lábios, espadas de óleos, choques de prata. Devia desviar do caminho e levá-la a um motel, como sempre. Mas, não sei por que diabos, daquela vez foi diferente. Não quis gastar tudo numa só noite. Ou melhor, queria esticar a noite, para que ela durasse para sempre.

Norma fala sem parar. Examino a dança de suas palavras, a negra inquietude dos olhos, as unhas pintadas de negro, os dedos magros e compridos que ajeitam os cabelos, os pontiagudos pinos de seus seios, indóceis, furando a camiseta preta. Devoro seus sorrisos como nobres licores líricos.

O Venus está movimentado de cheiros, cores e ritmos. Uma orquestra de salsa vai tocar à uma da manhã. Na abertura teve um recital de poesia. Era a nova praga do verão, e os poetas insistiam, estavam em todos os lances, atravessavam estações ocupando espaços e ouvidos.

Vamos para um canto reservado. Com a música mecânica ao longe, abafada pelos vidros, nos entregamos aos prazeres da língua. A conversa gira em torno dos clássicos: de Oscar de la Renta a Oscar Wilde, de Laurent a Flaubert, de Apicius a Machado de Assis, do sarapatel de Jorge de Lima ao vatapá de Jorge Amado. Discutimos até verso livre e métrica, sonetos e alexandrinos. Em tudo concordamos às mil maravilhas.

Confesso que sou casado. Digo que o lance não vai bem. Caramba, estou sendo sincero! Norma conta que também é casada, mas não quer falar sobre isso, não nesta noite maravilhosa.

Deus, como é linda! Quando sorri, seus olhos também sorriem. E suas sobrancelhas, narinas e orelhas, toda ela sorri. Pego suas mãos, que fogem. Toco seus braços, os pêlos se arrepiam. Minhas mãos avançam sobre os ombros. Norma levanta-se bruscamente, diz que vai ao banheiro.

Mando o garçom trazer dois cafés e a conta. Fumo um charuto imaginário. Minha mente está novamente ocupada, colhendo seixos na praia do coração. Depois de Anette, é a primeira vez que me envolvo emocionalmente com uma garota. Pareço um adolescente descobrindo o amor.

Dali a pouco o garçom me aparece com a encomenda e um bilhete. Tem a assinatura de Norma e diz em resumo que ela ficara realmente encantada comigo, mas que tem medo de se envolver, não se sente segura, sexo não é amor, um táxi para casa. Saco! Merda! Rrrrrrrrrrrrrrrrrrrrrr!!!!

Guardo o bilhete no bolso, não sem antes apreciar o perfume que desmaia no papel cor-de-rosa. Pago a conta impassivelmente, e acenderia outro charuto imaginário, se ainda tivesse algum nas algibeiras. Deixo os cafés esfriando sobre a mesa.

Dou uma gorjeta porca ao manobreiro. No carro, um rock-balada me maltrata mais ainda.

* * *

* * *

Há um homem em meu marido que não tem preço. Esse homem eu perdi para sempre em algum vilarejo, curva do passado, deslize, buraco negro. Perdi-o no atacado e no varejo, deixei-me perdê-lo, sim, e por esse pecado não mereço reza ou terço.

Nos shoppings, fazendo compras, namoro os manequins das vitrines. Tenho vontade de quebrar aquele olhar de gesso com um soco. Sinto o mesmo em relação a Roman: um misto de culpa, medo, perda, raiva e ainda — por que não admitir? — desejo.

Ando triste. Um traste. Restaram-me um sonho abortado, um casamento apodrecido, e esse estúpido medo esculpindo a estatueta dos dias.

O ser humano precisa de seu espelho, para enxergar-se. E esse espelho é o Outro, a quem dedicamos vitórias e poupamos fracassos, como faríamos conosco. Mas quando tentamos moldar o Outro à nossa feição, o espelho parte-se em mil pedaços. Descontando a psicologia de penteadeira, o fato é que estou ficando louca, sem trabalho e sem mais nada. Preciso de um homem, e meu marido está cada vez mais longe, além da minha percepção. Mandava flores, com perfumes inebriantes. Hoje, as flores murcharam, ficaram apenas os espinhos e algumas dores de um parto nunca consentido. Espelho, espelho meu, estou ficando velha para ter filhos!

* * *

* * *

A garota de negro ia me dar muito trabalho ainda. Depois daquele encantador encontro, desaparecera misteriosamente. Fiquei louco! Queria muito vê-la de novo. E, por uma incrível e feliz coincidência, tive notícias dela dois dias mais tarde, na reunião de avaliação geral da campanha. Baltazar mencionou uma carteira que havia encontrado por acaso nos jardins do Clube da Infantaria, durante o lançamento. Perguntou se alguém conhecia a dona, uma tal de Norma. Me apresentei prontamente, e ofereci-me para entregar os documentos.

Não havia dinheiro, nem cartão de crédito, só a carteira de motorista, a identidade e um papel, escrito a mão, com nome e endereço para devolução em caso de perda.

O prédio, no bairro do Catete, era velho à beça. Estava com a pintura toda descascada. Parecia ter sofrido um bombardeio. Passei pelo portão enferrujado. As escadas de madeira foram rangendo ritmadamente comigo até o segundo andar. Bati à porta, já que a campainha estava quebrada. Ninguém atendeu.

Rodei pra cima e pra baixo na rua de paralelepípedos. Fui embora decepcionado e enlouquecido.

Pensava na pequena o dia inteiro, obcecadamente, alucinadamente. Era a minha cara-metade. Pois seu nome, Norma, não tinha as mesmas letras que o meu, Roman? Seria um anagrama do destino, um sinal de Deus? Seria eu o seu Romeu? Seus negros olhos piscavam em minha memória, a pele morna transmitia vibrações: norma, roman, amor!... Teria uma nova chance com ela? Acabaria doente de tanta ansiedade!

Durante alguns dias dei umas incertas no bairro onde Getúlio Vargas meteu uma bala na cabeça da História. Era um circuito enjoado, fora de mão. Saía da agência, na Lagoa, e passava por lá num rolê bem cabeludo. Sabia que meus esforços seriam recompensados — e foi o que aconteceu.

Norma andava apressada pela Rua do Catete, em meio aos camelôs, de camiseta e *jeans* negros. Carregava uma bolsa preta. O tênis da mesma cor. Estava com os olhos baixos de brasa dormida.

— Norma! — gritei do carro, diminuindo a marcha e atravancando o trânsito.

Ela correu a vista, à procura. Tomou um susto ao me ver:

— Roman?! — Menos mal que lembrava meu nome.

— Preciso falar com você.

Norma olhou em volta e entrou rapidamente no automóvel.

— Desculpe aquele dia, mas eu simplesmente não consegui. E acho que hoje também não vai dar...

— Calma, chapeuzinho vermelho. O lobo mau não vai comer você! Toma, o que sobrou dos documentos...

— Oh, obrigada! Ainda bem que não vou precisar tirar segunda via. Só de pensar nas filas, na burocracia...

Começou a roer as unhas, enquanto eu deixava para trás os outros veículos, o cheiro de fim de feira daquelas calçadas, o lixo acumulado no meio-fio. Contornei a Igreja do Outeiro da Glória para pegar a Praia do Flamengo, mas mudei de idéia e subi pela Cândido Mendes rumo a Santa Teresa. Minha mente, contaminada de paixão, criava diálogos irreais:

— Norma, estou louco por você! O que posso fazer para conquistar seu coração?

— Simplesmente beije-me!...

Ela, absorta, olhava lá fora do carro. Eu continuava sonhando baixinho:

— Norma, vamos transar aqui mesmo, na beira dessa ribanceira! Te amo com o corpo inteiro, até o carro te ama, as ruas te amam...

— Beije-me!...

Norma ia acompanhando os trilhos do bondinho com muito interesse, como se aquilo fosse a coisa mais importante do mundo. Espantou-se quando, de uma hora para outra, os trilhos acabaram. Estava mais do que na hora de me pronunciar. Mas era o momento ideal? E que palavras escolher? Aquilo me deixava louco! As mulheres viviam atrás de mim, implorando migalhas, e eu, cafajeste de carteirinha, passando fome de amor com Norma.

Anoitecia. As luzes da cidade começavam a piscar como uma imensa árvore de Natal. Pensando bem, o que tinha a perder? No máximo ganharia um não pela cara. Não seria o primeiro, nem o último. E, ademais, era só insistir um pouco, ganhar no cansaço, na promessa sussurrada. Uma onda de otimismo percorreu meu corpo. Então as palavras saltaram da minha boca antes que pudesse recolhê-las de volta:

— Vamos para um motel, *baby*?

— Roman, esqueceu que sou casada?!

— Eu também sou, e daí?...
Ela permaneceu calada. Pronto, aquele silêncio me desconcertou. Comecei com as palavras erradas, e desembestei sem limites:
— Olha, Norma, nesses últimos dias comi o pão que o diabo amassou, esperando ver você num sinal de trânsito, no caixa de um supermercado, na janela de qualquer casa...
De repente Norma exclamou:
— Cara, olha que lindo!
Vi seu rosto lamber-se de luz. Era o Cristo Redentor, de braços abertos para uma indescritível lua cheia, como a dedicar-lhe poemas. Não tinha como competir com aquela imagem. Meus argumentos esvaíam-se em meio às folhas de outono que esvoaçavam sob a luz dos faróis. O desânimo tomou conta do meu corpo, como veneno no sangue. Senti vontade de apunhalar meu próprio coração ali mesmo até parar de doer. Capricho tanto na expressão das palavras, e na hora H sai tudo errado. Devia declarar-me dizendo que ela é a mulher da minha vida, a futura mãe dos meus filhos. Toda fêmea gosta de ouvir esse chavão, o texto é claro como um contrato.
Por outro lado, será que Norma não sabe, será que Norma não vê? Não percebe meus atos impensados? Não, ela sabe o que se passa, mas não está nem aí, a maldita, não presta atenção, muda o rumo da conversa, a Floresta da Tijuca, a mata atlântica, as marias-sem-vergonha ao longo das Paineiras. Uma preguiça atravessa tranqüilamente a estrada de asfalto, e eu, de raiva, quase passo por cima. Paro o carro, faço a manobra e, sem mais argumentos, começo o caminho

de volta. Ainda por cima, depois de tantas curvas, sinto-me enjoado, com um gosto amargo na boca.

Nos despedimos a um quarteirão do seu edifício. Trocamos números de telefone e horários convencionais. Não resisto e beijo seus lábios de surpresa. Norma corresponde, estremece, fecha-se em copas. Abre a porta com a perna, aperta minhas mãos desesperadamente e mergulha na flor da noite carnívora — seu mistério.

* * *

* * *

Minha relação com Roman é uma cela sem cadeados. Fico sitiada, caçando os sintomas do passado, rodopiando no redemoinho, sem conseguir seguir o curso do meu rio. Me sinto só, desamparada e perdida, como quando era pequena.

Preciso sempre de alguém a meu lado, não me garanto sozinha de jeito nenhum. Sou um ratinho de laboratório, uma flor de estufa. Tenho medo de abrir as portas, arrebentar as correntes. Medo do escuro. Um medo idiota de peixes: escorregadios, fugidios, maremotivos. E quanto mais me recolho dentro, mais estranha me sinto aqui fora, nesta casa fantasmagórica.

Há muitas guerras acontecendo no mundo, cada qual que escolha a sua ou seja fraco para lutar a guerra alheia. Vou à luta, por isso estou de armas e garras!

Alistei-me numa campanha de doação de alimentos para as vítimas da miséria no Zaire. A fome naquela região é um saco sem fundo, mas eu não posso ficar de braços cruzados, quando disponho de tantos recursos físicos e materiais.

Passei a doar dinheiro. Sim, admito a mesquinharia: estava punindo meu marido, tirava dele para dar aos pobres. Castigava-o por ser bem-sucedido.

* * *

* * *

Meu coração era um alçapão esperando um passarinho pousar, e nada acontecia. Norma tornou-se uma doença, uma obsessão. Para mim não existia mais ninguém sobre a face da Terra. Queria muito apertar suas carnes, tocar seus mamilos, beijar seus lábios, acobertá-la de carícias. Queria muito, muito, muito!...

Para alguém como eu, afeito a farturas e facilidades, aquela era uma situação bem desconfortável. Um monte de gatas me dando mole e eu ali, preso a uma miragem... Minhas horas se arrastavam, irritadiças. Quem é essa Norma, pra me esnobar desse jeito? Uma pobretona que veste negro não por algum esoterismo ou exotismo, mas porque roupas pretas sujam menos, e ela não tem dinheiro sequer para comprar sabão. Uma garota igual às outras, em busca de segurança. Então, por que eu ficava naquele estado, mexido? Tinha ataques de raiva e frustração. Era o desejo que estava me matando. Precisava saciá-lo, ou assassiná-lo. Não havia alternativas: conquistaria Norma de vez, ou a esqueceria eternamente.

Para a segunda opção faltava-me a vontade, o impulso vital, motor das mudanças — talvez, quem sabe, a inspiração de outra mulher. Mas se Norma já era a outra?!...

Decidi meter a cara no trabalho para não pensar mais nela. Daquela vez era definitivo: adeus, Norma, não posso nem dizer que foi um prazer...

Nos primeiros dias suei frio, senti calores, tinha todos os sintomas de um viciado em estado de abstinência. Ia cedo para a agência. Tentava ocupar a cabeça com as questões cotidianas, que se avolumavam assustadoramente. Ficava com os dedos coçando para discar seu número, mas resistia. As horas se arrastavam. Ia pra casa pensando nela. Só conseguia pegar no sono às três, quatro da manhã. Suas imagens passando, agora moldadas pelo carrossel dos sonhos, memória reconstruída, musa idealizada.

Ia começar uma nova campanha, e precisava me concentrar na agência. Anette não dava trabalho. O problema era Norma. E quando ela ligou, uma semana depois, tudo voltou a ser como antes, ou seja: negaças, voleios, poréns, minha cabeça voando aos Pireneus...

Passamos a nos ver com mais freqüência, mas a garota de negro impusera condições que o tolo aqui, dançado de amor, acatou todo feliz. Norma me humilhava com migalhas. Eu era seu cachorrinho. Por ela quebrava protocolos, matava o trabalho, assaltaria um banco!

Quando a encontrava, não sabia o que fazer com as mãos, as frases saíam entrecortadas, desconexas, tísicas. Minha vontade era pronunciar as palavras mágicas, arrancá-las do coração na marra. Mas talvez Norma queira ouvir palavras delicadas, esquecidas. Quantas vezes eu já havia declarado "eu te amo" pra qualquer vagabunda? Parecia tão fácil... Ah, quem dera o coração, e não a língua, pudesse dizer com palavras tudo o que sentia!

Virei mulher de malandro. Algo nela me atraía com a força de cem cavalos, embora a coisa entre nós andasse no ritmo das carruagens. Norma não abria espaço pra mim, nem desgrudava — o tipo não fode nem sai de cima. Não sabia o que era pior: se ficar longe ou perto dela. Norma era um vício que eu tinha que satisfazer a cada minuto. Me sentia exilado do meu corpo, do meu desejo, sempre a um passo do paraíso.

Em casa, sozinho, girava a moviola dos sonhos, editando cada movimento, gesto, sorriso, olhar. Colecionava seus predicados no museu da mente, como um adolescente retardado. Ela sumia de vez em quando. E sempre que o celular tocava, meu coração disparava como um despertador. Era um deus-nos-acuda. As mulheres, a quem eu não dava a mínima atenção, foram procurar outros corpos disponíveis para preencher seus vazios. Pouco me importava. Fui desleixando-me. A garrafa de *whisky* escondida na gaveta me abastecia das capacidades primárias. O resto era comer, ir pra casa, segurar a barra. A vida, de repente, tornara-se um vale de lágrimas. Eu andava triste e melancólico pelos cantos, e tudo porque baixara a guarda para o amor.

Não, com a dama de negro seria diferente, eu faria a coisa certa. Tínhamos temperamento e caráter bem parecidos, ou eu não sabia ler seus lábios, narinas e olhos? Norma, Norma, Norma...

Meu espírito oscilava da euforia à depressão. Eram tumultos constantes, terremotos. Mas não queria sentir no futuro a frustração de não ter usado todas as minhas armas na conquista de seu coração.

Havia três dias que ela não dava notícias. De modo que fui seco e grosso quando o telefone tocou. O silêncio que se fez do outro lado me deixou com a respiração suspensa:

— Norma, é você?!...

— Sim, sou eu... — respondeu com um dízimo de culpa.

— Ô deusa! — eu exclamei, já entregando os pontos. — Por que desapareceu de novo? Fiquei preocupado!

Pronto! Queria esbravejar, urrar, bater, mas meu coração acabava sempre transbordando de doçura:

— Ó amor, querida, paixão... Deixa eu te ajudar...

— Vamos nos tornar só amigos!

— É impossível! Como ver seus lábios sem querer beijá-los, como tocar seu corpo sem desejá-lo por inteiro, como mergulhar em seus olhos sem enlouquecer?! Afinal, qual é a sua?!

— Eu sou casada, você é casado. Pra mim era só uma brincadeira...

Minhas mãos gelaram. O coração virou um cocô de cabrito. As palavras dela doeram nos meus ouvidos. Mas o que Norma disse a seguir reacendeu um fogaréu de esperanças:

— Mas isso foi no início... Agora estou confusa...

Oh, céus, havia uma chance! Marcamos de nos encontrar à noite, numa ruazinha próxima à sua casa. Ia vê-la, tocar seus braços novamente, me lambuzar de seus olhos e, quem sabe, de seus lábios. Meu peito se encheu de alegria, uma alegria do tipo que as crianças sentem ao correr descalças nas leiras úmidas de orvalho.

E o que havia mudado? Nada, e tudo. Meu estado de espírito. Meu desejo correspondido. Era a mesma paisagem, a mesma luz, a mesma temperatura, o mesmo movimento opaco de pessoas nas ruas, mas quanta diferença! E tudo em virtude do amor.

De novo sentia o prazer de estar vivo. E bastaram apenas algumas palavras. Cheguei dez minutos antes. O tempo andou a passo de tartaruga. Norma, nada. Impaciente, liguei para seu celular, que acusou fora de área. Diacho! Vai começar tudo de novo?! Não agüentava ficar esperando, esperando, esperando. Precisava circular para ejacular as idéias.

Dei voltas, revoltas e reviravoltas no bairro. Estacionava cinco minutos no local combinado e rodava novamente. Subi ao apartamento dela várias vezes, sem medir conseqüências.

Às 11 da noite, cá estou a caminho do Alto da Boa Vista, a auto-estima no lixo, o ego grudado na sola dos sapatos, como um chiclete velho. Mas, para continuar amando, o coração sempre arranja desculpas: e se Norma passou no local de encontro justamente no momento em que eu remoía remandiolas pelos arredores? Tinha sido um idiota! Minha vontade era retornar ao Catete e esperá-la, de sentinela, como estátua, até o amanhecer. Oh, Deus! E se ela sofreu um assalto, ou foi seqüestrada? Maldita agonia! Essa mulher me mata!

* * *

* * *

Roman vaga pela casa como um fantasma, as olheiras permanentes, os cabelos desamparados, a barba por fazer, o celular que não desgarra da mão. O babaca anda se drogando pesado, dá pra ver pela quantidade de álcool que consome e a baba seca que não desgruda do canto da boca. Fico a distância. Gostaria de ajudá-lo, mas existe um abismo que se abre cada vez mais entre nós, partindo nossas terras ao meio. As águas nos dividiram para sempre, oceano de incertezas entre dois continentes.

* * *

* * *

𝓔stava no meio de uma reunião de negócios quando o celular tocou. Era ela de novo. Levantei-me de um salto e busquei um reservado.

— Porra, o que aconteceu dessa vez, Norma?!
— Desculpe, Roman. Tive medo.
— Medo de quê?!
— De ser vista na vizinhança!
— Então por que não marcamos longe de sua casa, como das outras vezes?!
— Não grite comigo!...
— Você me deixa louco!
— Vai fazer o que hoje à noite?
— Eu? Eu faço qualquer coisa, o que você quiser, por favor...

Não acredito que pedi "por favor", depois de conseguir bancar o durão por dez segundos. Estava fodido naquela relação. Norma podia me fazer de capacho para satisfazer seus caprichos: eu ia pedir mais e mais e mais. Quando voltei para a sala, a reunião chegara ao fim. As pessoas foram embora sem me dar a menor bola. Foda-se.

A paixão voltava a formar poças de água quente na minha mente apaixonada. Ela ligou! Teve medo de me perder!

Torrei o resto do dia esperando a noite chegar.

Nos encontramos num restaurante fora de mão, na Urca. Éramos os únicos clientes expostos àquela brisa *caliente* que soprava na enseada. Não me importava de ser visto com Norma; queria abrir meu coração, dizer o quanto a amava, o quanto ansiava tê-la apenas para mim.

As palavras vinham à tona, mas ficavam presas na garganta. Nunca me sentia realmente preparado para pronunciá-las com a emoção genuína. O sentimento amoroso era como o gênio da garrafa, e eu não sabia como libertá-lo.

Apreciei seus detalhes ínfimos: a penugem que cobria o antebraço, a tatuagem de borboleta no ombro, o colar de pedras africanas adornando o pescoço. Norma tinha nascido rica, mas ficara na miséria muito cedo. O pai desaparecera com outra mulher, deixando a velha esposa sem recursos e com três filhos para criar. Embora pobre — o marido, jornalista, trabalhava 12 horas por dia, ganhando uma mixaria —, a garota de preto posava de sofisticada. Gostava de lugares caros e finos. Tinha sempre um otário ou um *gentleman* como eu para pagar suas contas.

De repente fez a proposta:

— Vamos jogar sinuca?

Eu estava inspiradíssimo aquela noite. Ataquei assim que dei partida ao veículo. Minhas mãos passeavam por seus cabelos, percorriam seus ombros, tocavam suas mãos e coxas. Entrei com alguns dedos nos rasgões do *jeans* e ela gemeu. Suas longas unhas avançaram entre minhas pernas, e tocaram partes obscuras.

O Lonesome Tonight parecia um motel, cheio de luzes piscando, mas era mesmo uma casa de bilhar, em três pavimentos, com mesas verdes, equilibradas, calibradas e macias. Havia um desenho do Elvis tomando a parede inteira da entrada. Sempre nos roçando feito cachorros, cruzamos um corredor apinhado de pôsteres do célebre *rockstar*. Atravessamos o salão no segundo andar e fomos direto para a mesa mais distante. Pedimos cerveja ao garçom. Enquanto passava giz no taco, ela sugeriu, insinuante:

— O que vamos apostar?
— O que você quiser. O juízo?
— O juízo, não, a inocência!
— A minha ou a sua?
— A nossa!

Àquela hora o movimento já ficava mais definido, sem tanto entra-e-sai. Meu corpo ansiava de antecipação. Só dois jogadores continuavam ali, matando o tempo. Norma sorriu pra mim e deu a primeira tacada. Não matou nada, mas me deixou numa sinuca exemplar. Saí com uma tabela simples, mas a sete ficou na posição. Ela encaçapou e buscou a um. Gostava de vê-la ganhar. Até errava umas jogadas bem fáceis, para ajudá-la.

Mas a noite terminaria mal novamente. Me empolguei numa seqüência de bolas e matei o jogo em cinco tacadas. Ela ficou uma arara. De uma hora pra outra seu temperamento transfigurou-se.

Impenetrável como uma esfinge, disse que ia ao banheiro. Tentei beijá-la, abraçá-la, agarrá-la... nada feito.

Foi sozinha para casa, me deixando mais uma vez com o taco na mão.

* * *

* * *

 Quem será esse homem sem nome que me persegue nas noites sujas, desce planícies e jorra cachoeiras sobre minhas trevas? Trará notícias novas, trovões, trovas, rebeliões? Ofereço-lhe a mais tenra maçã do meu corpo em troca de sua sombra.
 Esse homem provoca tremores quando sopra ao vento palavras de amor; condena os céus ao mais insignificante azul, ante seus olhos de mel. Pois como saber o que mora além dos músculos, abaixo dos pêlos, em seu útero inexistente?
 É o Deus da Chuva e da Chama, senhor do gozo, do chicote e da luxúria. Rei de espadas, duque de copas, anarquia.
 Virá esse homem brandindo suas marcas, e passará por todas as etapas: da virgem à musa. Perfeito, belo, harmônico e hormônico. Inteiro como um sonho.

* * *

* * *

Ouvia com desconforto os risinhos discretos na agência. As piadas foram ficando cada vez mais volumosas e ostensivas. Perdia credibilidade e respeito a olhos vistos, completamente *out* do processo produtivo. E do que minha cabeça se alimentava? De Norma, *of course*. Tinha lido que o amor era o combustível do progresso, mas comigo acontecia o contrário. Toda vez que me envolvia emocionalmente, acabava me estrepando. Qual a lógica dessa trama? Amar até quando?

Uma verdade que eu não queria aceitar de jeito nenhum me queimava por dentro: se Norma estivesse a fim, o lance já teria rolado. Detonei sobre ela o arsenal inteiro do meu charme invencível. Por que não se rendia aos meus encantos? Aquele caso rastejava havia meses! Seria tão difícil perceber o quanto eu estava apaixonado, a grandeza de meus sentimentos? Tinha feito de tudo — flores, bilhetes, jóias, jantares —, mas seu encouraçado coração não me dava a menor chance.

Um dia tive a clareza da iluminação: se não fosse Norma, seria outra qualquer. Existem bilhões de mulheres no mundo, sete e meia para cada homem! Então, parei de procurá-la. Me mordia todo, sofria como um cão, mas deu certo. Em poucos dias ela voltou, confirmando a velha tese de que mulher gosta mesmo é de ser desprezada.

Norma veio de novo com aquela ensebação, querendo e não querendo. Agora o efeito de seus estratagemas era tão passageiro como o perfume dos lírios. Seu sorriso não produzia mais nenhum efeito anormal sobre mim. Minhas pernas já não pareciam varas verdes quando a encontrava. O encanto estava acabando, mas não o tesão.

 E um dia aconteceu. A cena: mesa de bar, duas cervejas abertas e intactas sobre a mesa. Norma acende um cigarro, nervosa. Tensa como um bicho-pau. Faz movimentos circulares com a cabeça, estala o pescoço. Eu fico observando seus mínimos movimentos. De vez em quando ela busca algum traço de emoção em meu rosto, e nada encontra. O espelho está vazio.

 Norma apaga o cigarro, joga a ponta no chão e resolve abrir o jogo. Conta que o marido vai assumir uma revista em São Paulo, é a grande chance de sair da miséria, e ela teria que acompanhá-lo, mesmo a contragosto. As últimas palavras saem de seus lábios com um amargo sabor de mel. Irresistivelmente levanto-me e, por trás dela, começo a massagear-lhe as costas. "Oh, que mãos!...", ela suspira. Pego com mais jeito. Ela geme: "Ohhhh..." Aquela era a porta de entrada para o paraíso!

 Ali, manipulando as escápulas, descubro seus segredos, medos e mitos. E bastou sussurrar umas obscenidades ao pé do ouvido para Norma ficar totalmente louca.

 Naquele crepúsculo começaram as nossas duas semanas e meia de prazer, entrega e delírio. Eu a pegava no Catete e íamos para o Panda, em Botafogo. Ela morria de medo de ser reconhecida, por causa dos freqüentes engarrafamentos de um bairro ao outro, mas ao mesmo tempo ficava excitadíssima. Chegávamos às três da tarde e transávamos até as sete, oito da noite. Na cama, ultrapassamos todos os limites.

O encanto voltou com toda a força. Existe beleza mais perfeita do que o rosto de uma mulher depois do orgasmo? Não queria perder por nada deste mundo o espetáculo de seus traços iluminados pela chama de um sol interior. Eram os cinco minutos mais preciosos do dia.

Depois de deixá-la no Catete, ia todo satisfeito cheirando meu próprio corpo pelo caminho. Não gostava nem de tomar banho, pra ficar mais tempo impregnado de sua presença.

Então, amar é bom! Amar é desse jeito, de perder o juízo! Querer dar tudo, sem cobrar nada em troca. Estivera morto todo esse tempo, vazio, perdido, aniquilado. Agora não suportava nem pensar em sua ida pra São Paulo. Mas a data se aproximava a galope.

A despedida foi muito triste. Tentei convencê-la por todos os meios a largar o marido. Prometi mundos e fundos, me entreguei por inteiro, implorei de joelhos, escrevi até poesia. No desespero, garanti que me separava de Anette, assim que fosse possível. Norma não quis, ficou irredutível. Naquela noite fria, enquanto acariciava seus cabelos, percebi que era a última vez que me embebedava da luz de seus olhos. Fomos ao motel, tiramos a roupa, nos abraçamos, deitamos na cama, trepamos, e foi triste pra caramba. O sol de seu rosto apagava-se para sempre, banhado por nossas lágrimas e salivas.

E assim Norma efetivamente desapareceu da minha vida.

Fiquei mal de tal modo que adoeci. Foi até bom. O corpo precisava mesmo de um descanso. Anette cuidou de mim, ou foi um anjo? Estava diferente, ou era efeito da febre? Então enxerguei com clareza: eu jamais ia me separar da minha mulher. Nos dias difíceis, em quem mais podia confiar?

E como estava linda! Parecia a Anette dos primeiros dias. Todo aquele sentimento que devotara a Norma era o mesmo que sentira por minha esposa nos primórdios, quando tudo era poesia. Agora eu via: meu caso com a dama de negro estava tão morto quanto Elvis Presley.

Eu chegara ao limite daquela rotina de pega-pega, rolando pelos bailes da vida, toda noite bêbado e deslumbrado qual infante pós-brevê. Tinha que reconquistar minha mulher, antes que fosse tarde. Não podia pensar na hipótese de perder aqueles olhos, aqueles lábios, aquele coração de ouro! Amava Anette *al dente*, e conseguiríamos superar nossas diferenças e indiferenças, as nuvens sombrias de um inverno que não arrefecia.

* * *

* * *

Charles voltou a dar notícias! Fugira da guerra num precário barco até a Europa. Estava em Londres, sob os auspícios da ONU. Descreveu em rápidas linhas suas peripécias através de desertos, florestas e campos minados para escapar da carnificina. Perdera parentes na guerra. Estava só no mundo.

Bateu um desejo inconsolável de conhecê-lo pessoalmente, tocá-lo... Sobremaneira sonhava ler alguma coisa junto com ele, medir nossas palavras, senti-las em harmonia, entrelaçadas... Nunca ouvira sua voz, a não ser no farfalhar do vento alisando os cabelos das árvores. Imaginava um baixo bem grave, ave de grosso gorjeio.

Minhas preces foram atendidas por algum deus pagão: Charles ganhou uma bolsa para vir estudar nas regiões áridas do Nordeste, e na passagem pelo Rio, a caminho da caatinga, quer me ver!

Perco o ar, foge-me o chão. Tenho medo de perdê-lo no ato de o conhecer. O que há entre nós é magia, pulsação, encanto do encontro impossível. Uma coisa é o mundo virtual, outra é o real (mesmo com suas fantasias). O cara aproxima-se feito caranguejo: avança enquanto recua, até me flagrar nua, extremamente...

Se meu casamento passa por uma má etapa, não é motivo para que eu saia às ruas apelando ao primeiro desconhecido que me leia na mão um novo destino. E Roman anda tão atencioso, depois do febrão!...

Naquela tarde, lívida de dúvidas e indecisões, dedilhei um poema no computador e saí de casa, afogueada. Durante horas rodei sem rumo, percorrendo paralelamente as ruas sem saída dentro de mim.

Voltei aflita como adolescente. Queria mandar um e-mail para Charles, dizendo que fora tudo incrível, mas acabava ali, naquela linha imaginária entre o sonho e a realidade. Escreveria a mais bela e cruel carta de amor jamais concebida. O episódio me servira para ver com olhos de casamento. Havia quanto tempo Roman e eu estávamos juntos, serpenteando os silêncios, superando as humilhações, criando e removendo os obstáculos da vida a dois... Na minha cabeça passava um clip só com os melhores momentos de nossas vidas. Nem lembrava mais o porquê de nossas desavenças. Ele estava coberto de razão: pra que jogar mais crianças inocentes nesse mundo caótico e violento? Podíamos, sim, adotar um filho, até alguns — estavam à escolha, nas calçadas e feiras livres.

Embora nada pareça ser como antes, não custa tentar mais uma vez. A fase difícil com certeza passaria. Já nos vejo subindo e descendo estas mesmas escadas, amparados um no outro, década após década, amantes e parceiros de toda a vida...

Mas, ao abrir a porta do escritório, descortino a abominável cena!

* * *

* * *

Aquele era um dia especial: o aniversário do nosso primeiro encontro. Anette sempre lembrava, e eu não. Cheguei bem mais cedo, disposto a recuperar prestígio e o tempo perdido. Estava inspirado, trouxera até flores. Talvez lhe desse, naquela noite, o tão sonhado filho. Me sentia maduro. E ela andava linda novamente, meu interesse voltara com toda a força. Norma era passado, nuvem negra, que se foda. Sonho cariado que cicatrizou. Eu precisava colocar meu casamento novamente nos trilhos, antes que o trem descaralhasse de vez.

— Anette, ô Anette? — vou parodiando a melodia do comercial de margarina que ela tanto odeia.

Passo pela sala, vou à cozinha. Subo em silêncio, tentando fazer surpresa, mas não há ninguém em nossos aposentos. Deve estar, como de hábito, no escritório. Nada disso: saiu de casa. Esqueceu o computador ligado. Tem algo na tela:

"Ouça o bater das copas
o roçar da louça no continente do adeus.
Aqui sobraram os urubus
Quando verei você outra vez?"

Li o poema três vezes, tentando interpretá-lo. No primeiro verso boiei completamente: "o bater das copas" seria o vento nas árvores? O segundo indicava uma intransponível distância, o "continente do adeus", que se deseja reduzir através da sensorialidade de uma cena doméstica, o "roçar da louça". O "aqui" do verso seguinte, "Aqui sobraram os urubus", é um lugar, ou dentro dela? E os urubus, quem — eu?! Porém fiquei bolado mesmo foi com o último verso: "Quando verei você outra vez?" Quem será esse "você"?!

Súbito, o ciúme explode como um vômito, turva a visão, corrói a razão, destrói os linfócitos, prenuncia epílogos. Eu ralo o dia inteiro, dou a ela do bom e do melhor, e a vagabunda fica em casa escrevendo poemas lascivos, e para quem?! Agora entendo o sumiço, a negaça, a indiferença! Banco cursinho disso e daquilo, estudos, compras, viagens, financio suas idéias estapafúrdias a respeito de qualquer coisa, pra me pôr um par de chifres na testa? O que Anette andou fazendo enquanto eu, enquanto eu... Vocês sabem do que estou falando!

Revoltado, dou um ataque de pelancas: atiro as flores na parede, quebro espelhos internos, desarrumo a cama da alma, jogo pela janela suas roupas íntimas. Busco indícios da culpa, as caspas de sua infidelidade. Não encontro nada nos armários e gavetas. Apoplético, reviro o escritório de ponta-cabeça.

Neste cenário Anette pára à porta, estupefacta. O crime está visível no estupor de seus olhos. Mas ela parte para o ataque:

— Roman, não admito!

— Eu é que não admito!

— Você não tem o direito de mexer nas minhas coisas!

— De ler o que você escreve? Esqueceu quem paga a conta de luz? Quem comprou o computador, a mesa, a cadeira?

— Não me ameace com dinheiro! Você sabe que eu tenho escrito!

— Quem é o urubu do poema, sou eu, é?!

— Pare com isso!

— Quem você quer ver outra vez?!

— Você, idiota!

— Mentira!

— Você, Roman!

— Sei ler poesia. E, aliás, nem se pode chamar isso de poesia. Tão amadora!...

— Sim, sou amadora porque amo, e não tenho vergonha de demonstrar! É meu defeito, nosso impasse. E você, quem é você, Roman? O monstro que me atormenta e me devora!

— Sou igual a qualquer homem! Tenho ciúmes, medos, crises, raivas.

— O que aconteceu conosco? Por que tanto desencontro, tanto desassossego?

— Você mudou, não eu! Cadê aquela garota carinhosa, dedicada, solícita?

— Essa garota ainda existe. Está dilacerada e destruída como uma boneca de pano. Você é cruel, Roman! Ou não percebe o que tem feito comigo?!

Eu desejava muito que as coisas ficassem bem de novo, então me entreguei:

— Reconheço que errei bastante, mas estou disposto a levantar a bandeira da paz e do amor, Anette. Me dá uma chance!

— Não sei, meu amor... Queria tanto acreditar...

Estávamos tão próximos de um final feliz!... Foi quando pisei na bola:

— Viu as flores? Esta data não significa nada pra você? Lembra do nosso primeiro encontro?

Nos olhos dela brotaram vinhas de ira. Sua voz saiu machucada como as pétalas espalhadas por todo o quarto:

— É daqui a um mês, imbecil!

Um detalhe pôs tudo a perder. E blam!, na minha cara.

* * *

* * *

Não deixou marcas, traços, sinais ou provas. Apenas a certeza absoluta, a raiva surda e impotente: ele destruiu meus arquivos! Disse que não, quer se reconciliar. Vingou-se por ciúmes estúpidos de um poema idiota. Dentro do computador estava a minha vida, e ele não quis nem saber, passou por cima como um trator. Por sorte, havia copiado os textos em disquetes. Agora carregava-os na bolsa, para cima e para baixo, com medo de que Roman os apagasse.

Meu marido, que já era dono do meu corpo, queria se apropriar também do espírito, apreender minha vontade. Em casa me sentia espionada, sem privacidade. Se a coisa continuasse daquele jeito, amanhã estaria me espancando em pleno shopping! Chorei dias a fio, lágrimas amargas, léguas de rio, mas precisava ir ao mar, e foi o que fiz.

Na Biblioteca Nacional, com a ajuda de um funcionário que já me conhecia de outras líricas incursões, consegui acessar um dos computadores da instituição. Entrei na rede e mandei uma mensagem para Charles. Marquei o encontro, dei o endereço, disse com que roupa estaria e me despedi com um beijo carinhoso.

Algo tinha que acontecer em minha vida e, fosse o que fosse, dependia exclusivamente de mim. Precisava sair da toca, ir ao sereno, experimentar no rosto o frio da chuva, o estalar do vento. Esperei muito tempo por uma solução divina, mas sabia que era questão de bater minhas asas, provocar o movimento à volta.

Nunca acordei tantas vezes sobressaltada como naqueles sonos antecedentes ao encontro com Charles. Tinha até medo de descer as escadas, por causa das pernas trêmulas. Entornava café do copo, esbarrava nas portas, tropeçava nos tapetes. Evitava meu marido, pois não saberia disfarçar meu alvoroço. Me sentia uma prostituta — sim, uma prostituta!

* * *

* * *

Anette, mais uma vez anulada, encerrou-se. Foi até bom tirar as mulheres da minha cabeça por um tempo. Precisava recuperar o tempo perdido, vencer novos desafios no trabalho. Estava tudo mudado no escritório. Ninguém respeitava minhas decisões. A rigor, que decisões? Me afastara dos problemas da agência havia tanto tempo que nem lembrava o nome das pessoas.

Não tinha coragem de cobrar do Baltazar resposta para as minhas reivindicações. Ele vivia viajando, ou em reuniões, e nunca atendia minhas chamadas. Antes fazia questão de me levar a tiracolo ao Clube da Infantaria, agora me trata desse jeito... Sentia até saudade do bafo quente no cangote!...

Estava à deriva no fluxo dos acontecimentos. Nas runas da minha ruína, acossado por todos os lados, não via escapatória. Os jornalistas voltaram a me procurar, depois de um tempo longe das luzes, tentando confirmar, na pressão, informações sobre a minha vida pregressa. Já sabiam que Roman era nome de fantasia, especulavam que eu não tinha diploma nem registro profissional. Eu fugia, escorregadio.

Entrei em estado de alerta total. Alguém queria me derrubar! Pressentia conspiração por todos os lados, mas não conseguia pensar com clareza. Tinha que identificar o inimigo, antes que fosse tarde. De onde partiria o ataque?!

Fiz uma triagem na agência, em busca do sabotador.

Armando crescera ali mesmo, fora promovido de roteirista a diretor de criação, saíra da minha área de influência, mas ainda era sardinha, e eu, tubarão. Quanto ao resto, mantinha cada qual em seu canil, com agrados e benesses, ou no chicote, se necessário. Alguém articulava a minha queda... Quem? Quem?!

Por exclusão, cheguei ao criminoso. Claro! Como pudera ser tão cego? Revelara meus planos ao inimigo: antecipara a intenção de abrir minha própria agência, caso não chegássemos a um acordo. Devia ter mantido tudo em sigilo até a hora fatal, já que me tornaria seu concorrente direto, levando de arrastão vários clientes da Heterogênea. Baltazar tinha poder de fogo suficiente para me abater antes mesmo que eu levantasse vôo! Precisava tentar alguma reação antes de ser atropelado pelo mastodonte, mas estava ciente de minhas condições: eu não tinha chance nenhuma contra o filho da puta.

* * *

* * *

No dia marcado cheguei minutos antes, como recomendaria meu marido. Era a primeira vez, em cinco anos de casada, que admitia conhecer outro homem. Fui com o velho vestido marrom, bem simples, de decote discreto e parcimoniosa bainha, um palmo acima do joelho. Peguei o elevador interno da Biblioteca Nacional e subi três andares. Dali, encostada numa das pilastras, podia ver tudo o que acontecia lá embaixo, na entrada do saguão principal.

Entraram duas meninas, estudantes secundaristas; um velho, cerca de 70 anos, magro como um violino; um menino meio hippie, que deixou sob protestos sua mochila na portaria; uma senhora humilde, cheia de graça; um senhor de óculos, peruca e barbicha; um gaúcho de bombachas.

Impaciente, desci um lance de escadas para observar o movimento de um ângulo mais favorável. Oh, Deus, e se nesse entremeio Charles entrou no recinto? Era uma enchente por dentro! Me sentia ridícula, adolescente, indecente. Uma velha funcionária passou por mim, ajeitando os óculos, severa, e me lembrei da madre superiora que um dia me apalpou inteira, a pretexto de procurar um livro.

Sufocada, desci mais um lance. Morria de angústia e curiosidade. O que diria para ele? No fundo, não tínhamos compromisso ou relação, nem sei se era isso que eu queria. Por que não consigo agir naturalmente, meu Deus, se nada fiz de errado? Naquele momento era uma mulher sozinha, à deriva no oceano do mundo, procurando uma tábua de salvação, alguém em quem *pudesse me apoiar. Precisava ouvir palavras que explodissem o poço de alienação onde me escondera até então. Estava caindo na vida, e daquela vez não haveria anjo capaz de me segurar antes que eu me espatifasse no chão.*

O ar faltava, as luzes dos lustres deixavam-me nua, e quando estava prestes a entregar os pontos, eis que surge, em seu tropical inglês, Charles em pessoa. De negro, só o terno branco.

Se informa na portaria e vai direto para a sala de leitura, onde haveria nosso encontro. Meu coração quer pular lá embaixo, mas o resto do corpo permanece preso atrás da pilastra. Respiro fundo e venço lentamente os últimos degraus. Minhas pernas tremem, meus seios doem, os braços trincam. Sou uma frágil porcelana prestes a partir-se em mil cacos!

"Silêncio!", grita a placa em meu ouvido. Abro a pesada porta e paro na penumbra. O medo de entrar. Charles me reconhecerá, apesar de eu não ter vindo com o vestido florido que havia combinado. Com qualquer roupa, estaria nua em sua presença. Aquela agonia fazia subir um calor!... Me apresentar a ele estava fora de cogitação. Não havia santo que me desse coragem. O que fazer?

Charles folheava um livro na mesa mais afastada, perto da janela. Respirei fundo e comecei a andar, bem devagar, com medo de que o barulho do sapato atraísse para mim todos os olhares naquele oceano de silêncio. Caminhei por detrás das estantes, a pretexto de escolher algum livro. Peguei o Sagarana, de Guimarães Rosa. Preenchi a ficha, sempre de olho no cara. Ele parecia tão entretido na leitura que sequer olhava para a porta, na direção onde eu estava.

Escolhi uma mesa afastada e comecei a folhear o livro.

Não demorou muito, Charles sentou-se à minha frente. Mantive os olhos semicerrados, fingindo compenetração. O relógio na parede atestava 20 minutos após a hora combinada. Me agarrei desesperadamente à história do burrinho pedrez. Mal acabava uma frase, tinha que voltar a linha, pois não conseguia me concentrar.

— Você vem muito aqui?

— Quem, eu?!

Levantei os olhos. Ele tirou minhas medidas, acariciando-me com os cílios. Algo em sua pupila revelou-me estar diante de uma vacuidade, um desperdício. Mesmo assim devo ter enrubescido, pois Charles trouxe a cadeira mais para perto.

— Combinei com uma pessoa aqui. Ainda bem que ela não veio. Você é muito mais interessante! Está sozinha?

Olho para o cara. Sua voz é pedante, irritante. Ele ri com dentes tão brancos que mais parecem saídos de um comercial de sabão em pó. É bonito. E ordinário. Não me reconheceu, ou que jogo é esse? A minha voz sai embargada e lenta, como um processo na justiça:

— Com licença!

Levanto-me. Ele fica desconcertado, quase cai da cadeira. Suas sobrancelhas alçam vôo acima dos olhos azuis, num belo e inútil movimento.

— Volte aqui! Como é seu nome, gata?

— Não interessa. E não me procure mais!

Saio correndo, as tripas para trás. Meus pés, que já possuem asas, agora recusam o chão.

* * *

CAPÍTULO 5

Só as nuvens são livres

* * *

    Assoberbado de responsabilidades, soterrado por montanhas de problemas, não tinha tempo nem de ver a minha esposa. Então estranhei um detalhe: a casa continuava semi-arrumada, apesar de estarmos sem empregada havia mais de uma semana. Quebrei a fechadura da porta e entrei. Lá estavam algumas roupas jogadas pelo chão, como de hábito. Mas não havia o cheiro de seu cheiro, a centelha de seu olhar, o rastro de seus gestos naturalmente estudados, nada de seu nada inexistente. Nada. Anette desaparecera.
    Caí numa cacimba de amargura e inércia, agarrando-me à idéia de que ela teria ido para a casa da mãe, em Friburgo. Dei tempo ao tempo, deixando fluir os dias, e foram nuvens no meu coração. Não procurei a polícia, com medo de escândalo — e se fosse coisa grave, logo, logo saberia. Tudo em minha vida ia mal. Pior eram as dívidas, roladas de banco em banco, que cresciam como bola de neve. Meus cabelos embranqueciam na mesma proporção. Tinha presságios terríveis, pesadelos reais. Acordava gritando e suando frio.
    As contas me consumiam pelas paredes internas do corpo. Ia ficando oco, como um armário destruído por traças. Minha bola estava murcha. Me sentia fodido pra caralho. E como se não bastasse, à noite ouvia miados. Encontrava cocô de gato pelos jardins. Se os malditos haviam deixado filhotes, eu nunca os vira. Uma madrugada insone, me deparei

com dois olhos de fogo na escuridão, e ouvi Anette chamando meu nome. Me tranquei por dentro, aterrorizado.

Agora eu percebia a maldição. Estava miseravelmente só e perdido. Ansiava pelo calor de um abraço, o abrigo de um corpo, até mesmo o comentário jocoso de um colega de trabalho. Queria ver de novo a luz de um sorriso, qualquer sorriso, inocente e gratuito!

Ah, Marlene e Miraceli, as tias virgens da minha infância!... Eram gêmeas, lindas, bochechudas. As primeiras imagens, os primeiros sussurros, os primeiros bilu-bilus vieram de seus lábios. Meu reino durou dois anos. Nesse período, fui o bebê mais feliz do mundo. A cada vez que abria os olhos era o sorriso das gêmeas que eu via, abençoando duplamente a minha existência, acima e além de todas as coisas. Me enfeitavam com chucas, me colocavam rendas e fraldas cor-de-rosa. O que ninguém me contou é que todo parente que nascia ganhava os mesmos agrados...

Um dia, a casa em rebuliço, dona Joaninha entra com uma bacia de água quente na mão e um paninho de prato pendurado no ombro. A parteira que me trouxe ao mundo vem tirar um novo rebento da barriga da mamãe. Ninguém sabia a idade da dona Joaninha, ela já estava lá quando os outros chegaram. Sempre esteve. Todos os meninos das redondezas nasceram por suas pequeninas, negras, rugosas e delicadas mãos.

Quando o pixote nasceu, as atenções — todas as atenções! — foram canalizadas para ele, o pequeno bastardo. Me senti traído, sem sorrisos, afagos, cafunés, tetas ou bilu-bilus; só o teto vazio à testa e o choro inútil absorvido pelas paredes frias e úmidas.

Dizem que numa tarde silenciosa e descuidada tentei sufocar o usurpador com um travesseiro de capim. As gêmeas chegaram a tempo, me deram palmadas, cobraram juízo, me botaram de castigo na solitária. Quatro horas num cubículo escuro, sujo e fedorento, onde os restos do material de construção de papai se juntavam a cocô de gato e outros excrementos. Bela lição me deram, valeu para a vida toda! Onde andarão nesse momento as gêmeas que destruíram a minha infância? Talvez engraxando as botas de um sem-teto, ou cuidando de bisnetos, tornando-os psicopatas assassinos de gatos.

Ah... Que saudades de um sorriso!...

As dolorosas lembranças fundem minha cabeça. Como pensar para a frente se, como o Grande Gatsby, estou "contra a correnteza, remando incessantemente para o passado"? Queria tanto poder amar alguém nessa hora, ter um ombro, um colo, um toque, um tapinha nas costas, alguém que dissesse: "Ei, bunda-suja, vai tomar um banho, veste uma roupa limpa, escova esses dentes!" Queria o coração sendo o corpo todo (carne — mente — alma — espírito); queria contaminar de amor o ar à minha volta; queria ter alguém a quem chamar de *baby*; queria, queria, queria...

* * *

* * *

  Depois do traumático encontro na biblioteca (com Charles ou com quem quer que seja, pois nem tenho a certeza de que Charles era Charles), vaguei pelo Largo da Carioca e redondezas, mergulhada no vagalhão de transeuntes. Artistas populares mobilizavam pequenos grupos de desocupados e passantes. Vi um homem enfiar moedas de vários países pelas narinas e tirá-las da boca, entre outras anomalias.
  Para me livrar dos insuportáveis ruídos do gentio miúdo, fugi para o interior de uma pequena igreja. Dormia um silêncio profundo. Ajoelhei-me no banco vazio e pus-me a chorar por dentro.
  Poderia ter vivido em Milão, Acapulco, Berlim: em qualquer cidade de qualquer país estaria sempre sozinha, aprisionada ao pé da letra, autocárcere, longe de mim. Minha vida era um andejar em círculos contínuos. Um cachorro mordendo o próprio rabo. Não sabia amar, não sabia ser amada, era ignorante e imatura nas coisas do coração. Assim todo o resto deixava de fazer sentido.
  Se tivesse domado o monstro nos primórdios...
  Fui criada em cativeiro, longe das mazelas do mundo. A casa funcionava em torno de minhas necessidades e desejos. Se Sebastiana não botava comida em meu prato, eu não almoçava. Se ela não pegava água na geladeira, eu morria de sede. Se queria comer uma fruta, mandava-a subir nas árvores. E quando Sebastiana pediu dispensa para cuidar do marido adoentado, foi como se tivessem arrancado meus braços.

A âncora de meus turbulentos dias interiores não encontrava mais o fundo. Nada era tangível. Queda sem fim no precipício do mundo. Pesadelo físico, táctil, tático. Imprudente foi não ter semeado meu caminho de próprio punho. Sempre na dependência de um homem, qualquer homem, pois eu sou Anette, não-pessoa, sob a casa demolida.

Tentava rezar, mas minha cabeça confusa revoava o passado. Uma delicada mão tocou meus ombros. Era o que faltava para desatar o nó do meu coração: o choro, farto por dentro, virou pranto vasto e violento, como um rio represado que aflora. Depois apaguei, e vários dias se passaram. Acordei na cama confortável de uma clínica psiquiátrica. Só então trocamos as primeiras palavras.

Rosa trabalhava ali como enfermeira voluntária. Me viu atravessando a rua perdida entre ônibus e automóveis, e seguiu meus passos até a igreja.

Visitava-me diariamente durante meia hora. Perguntava sobre minha disposição geral, tricotava amenidades, trazia livros e revistas sobre variados assuntos. Os olhos de espanto abertos para o mundo. Vinha sempre cheia de novidades, sempre de alto astral. Vibrava com as mínimas coisas, via beleza em detalhes desprezíveis, diante dela todas as coisas faziam sentido. Sensível, Rosa não tocava em meu passado, ferida recente.

Depois de uma bateria de exames, concluíram que eu não estava com nenhuma doença grave. Tinha sido um surto psicótico, um curto-circuito, um apagão. Meu tratamento era muito simples, à base de descanso, cuidados e carinhos.

Naquele lugar ninguém vestia uniforme: médicos, terapeutas, funcionários, enfermeiras, voluntários, malucos... Todos se tra-

tavam por tu e você, na maior cordialidade. Nada de formalismos no trato pessoal. Não havia cobranças, mas todos sabiam suas responsabilidades. Aos poucos fui me integrando ao ambiente. Me enchia de curioso entusiasmo, como o navegante que descobre terras novas. Venci o medo, a cegueira, a vergonha, o orgulho, o preconceito. Mergulhei num profundo processo de reeducação emocional.

* * *

* * *

Na agência, a situação estava cada vez mais periclitante pro meu lado. A nova crise econômica interrompera várias campanhas em curso. No sufoco — pois é nas horas graves que se revela o picão —, criei uma campanha para estimular as empresas a continuarem investindo, apesar do mau momento que o país vivia.

"Farinha pouca, meu pirão primeiro" tinha tudo para emplacar, mas minhas idéias já não faziam sucesso como antes. Apesar de ter perfil popular, mote consagrado, vários atrativos, a peça foi um fiasco! Entidades de direitos civis mobilizaram-se contra o caráter mercantilista da campanha. Foi exibida apenas um dia, e saiu do ar debaixo de protestos. Ah, que saudade dos anos 80, com sua permissividade agressiva!

Tentei consertar a merda criando outra peça. Desta vez o mote era "Só é rico quem arrisca". Não passou pelo crivo dos clientes. Alegaram que estimulava os aventureiros, com sérios danos ao sistema. Quase pirei. Como última alternativa, em desespero, raspei do fundo do tacho outra idéia mirabolante: "Louco por dinheiro." Mas, sem dinheiro, a campanha ficou pobrinha, pobrinha. Numa discussão tensa com o cliente, mandei o cara tomar no cu. Fui embora intempestivamente pra não cometer uma besteira maior. A cabeça dava voltas. Estava estressadão.

Meia hora depois Baltazar me convocou para uma reunião e, na frente de todo mundo, me passou um sabão. De incompetente pra baixo. Tive que ouvir calado, quando minha vontade era voar em seu pescoço. Dali para a frente os eventos se desenrolaram num torvelinho estonteante. O tempo é o processo, a velocidade do processo... Rodrigo Peixoto, meu desafeto, já estava trabalhando como assessor pessoal de Baltazar havia meses, e eu nem sabia. Era mais claro que vodca: Baltazar pretendia me dar um pontapé na bunda. Ser dono de parte das ações da Heterogênea agora parecia um sonho tão longínquo! E eu, quebrado pelos contínuos empréstimos bancários, tocando flauta para cobrir os buracos das minhas finanças!...

Pensei em procurar outro emprego, mas esqueceram de mim em dois tempos. Os figurões não atendiam mais as minhas ligações. O país mudara de uma década a outra, só eu não havia percebido. O pior é que, com a crise, não havia cobres à vista, nem ninguém disposto a emprestá-los.

Sem liquidez, na corda bamba das dívidas, nem abria mais a correspondência. As faturas chegavam a cântaros. Geralmente eram avisos bancários ou judiciais protestando títulos. Os papéis se acumulavam nas gavetas. O banco botou o jurídico em cima de mim, desceram o machado com toda a força. Fui para o cadastro dos inadimplentes. Os cobradores ficavam nas redondezas, me atazanando como ratazanas. Eu mudava de voz ao atender telefonemas. Deixei o bigode crescer, para não ser reconhecido. Estava arruinado.

Só uma esperança alumiava meu espírito, como noite de lampiões: se fosse demitido, pelo menos receberia uma polpuda indenização.

* * *

* * *

Roman, quem era mesmo? Duas semanas depois do surto, para mim existia Rosa, a graciosa criatura que me deu a mão quando eu mais precisava. Rosa, braços firmes e traços fortes, que me trouxe de volta à vida. Rosa, minha ídola.

Ela faz o inventário de suas ocupações: é professora em três escolas de primeiro grau, freqüenta cursos regulares de capacitação profissional, cuida de dois filhos e de um sobrinho e ainda presta serviço voluntário no hospital psiquiátrico. Seu cotidiano é uma loucura, mas nem transparece. Uma mulher dessas jamais precisaria lavar um tanque para ficar bem da cabeça. Sua terapia é viver de bem com a vida.

A irmã dela sofre de esquizofrenia aguda, e Rosa, de freqüentar, acabou se afeiçoando ao trabalho na clínica. Trata dos malucos com gosto, se diverte muito, conhece gente interessante, aprende com outros modos de ser. Por isso, quando chega em casa, depois de um dia cheio, nunca está cansada para o marido. Há males que vêm pra bem...

Mesmo melhor da crise, naquele instante eu não queria ir embora dali. Até me sentia descansada e bem-disposta, apta a refazer meu caminho lá fora. Mas havia um mundo inteiramente novo a conhecer, no fundo da mente, dentro de mim.

* * *

* * *

Quem é esse sujeito gordo, desleixado, maltratado e maltrapilho que me olha do lado de lá do espelho? Quem sou eu, aquele estranho?! Raspo a barba como quem faz a última refeição. Aparo meticulosamente o novo bigode. Baltazar e Peixoto marcaram reunião. Vão me detonar. Os cálculos da indenização se embaralham na minha confusa mente. Se pudesse recorrer ao sindicato, mas eles me odiavam: tinha jogado muita gente na rua da amargura.

Sinto um gosto amargo na boca, um ressentimento profundo do mundo, como um Mike Tyson nocauteado pela Sociedade Anônima S.A.

Tento dar o nó na gravata. Não consigo. As mãos, trêmulas, atrapalham. Tento de novo. Fica mais esquisito ainda. Desaprendi? Merda! Nem as palavras me ajudam, pelo contrário: jejuam, judiam.

No caminho para a agência, como quem vai para o cadafalso, faço pela primeira vez uma avaliação pessimista da vida. Estou descendo a ladeira, de ré, sem prumo ou rumo. Sem Anette. Entreguei os pontos, liguei o foda-se, não me importo mais com nada, nada, nada!... Toda a pressão acumulada, que eu toureava com destreza e agilidade, agora desaba como avalanche, soterrando-me em sonhos de gelo e vidro.

Só uma pessoa podia me segurar na Heterogênea: Mr. John. Mas o inglês tinha sido seqüestrado numa de suas incursões às quadras de samba, em busca de mulatas. Ainda bem que eu tava fora — na maré de azar que atravessava, acabaria sendo atingido por uma bala perdida.

Estaciono a 500 metros da agência. Baltazar cortou até a vaga da garagem. Alega que é "a crise". Que mané crise! Desde que me entendo por gente a crise está aí, promovendo cicatrizes no dia-a-dia do brasileiro, e as pessoas sobrevivem. A crise não é passageira, é permanente.

Pela primeira vez em muitos anos ando a pé pelas ruas. Vejo o desespero do povo, o medo mudo e sufocante de quem não sabe como será o dia de amanhã. Os financistas pegam sol nas Bahamas, enquanto o Brasil arde em chamas...

A Heterogênea parece uma ilha de tranqüilidade. Mergulhados em seus afazeres, os funcionários nem me cumprimentam. É como se eu fosse um fantasma, alguém que, em carne e osso, jamais voltaria a circular por ali. Porteiros, faxineiros, recepcionistas, redatores, artistas, figurantes... Gente a quem estendi a mão nos momentos difíceis! Insensatos, ingratos, injustos! Judas! Barrabás! Pilatos! Amanhã, quando estiver novamente por cima, vão sentir o paladar do meu chicote, e não o gostinho do chocolate ou do cafezinho, mordomias que implantei na agência para o bem-estar de todos. Essa gentinha vai me pagar um dia!

Entro na minha sala. Rodrigo Peixoto está com a bunda na minha cadeira e os pés sobre a minha mesa. Baltazar busca na imensa e quieta Baía de Guanabara um ponto de apoio para os olhos. Meu imitador barato traça uma linha reta e toma a palavra:

— Pois é, Roman, você sabe como as coisas funcionam. Vamos fazer mudanças aqui na agência e precisamos do seu cargo.

— Mr. John sabe disso?

Baltazar pronuncia-se, ainda com a vista ancorada lá fora:

— Que mané Mr. John, Roman. Se toca. A essa altura o velho virou defunto, e você foi junto...

— É só isso que tem a me dizer, Baltazar?

— Ah, me paga aqueles 300 paus que te emprestei outro dia.

A crueldade dos ricos...

— Isso é tudo?

— Quando sair, por favor, devolva o crachá na portaria.

— Ei, não pensem que vão se livrar de mim assim, como um lixo, descartável. Eu sou mais eu, um profissional conceituado, congratulado, premiado! Exijo meus direitos!

O capacho corta minha língua de um puxão:

— Cala a boca, meu chapa! Toma, coloca no aparelho. — Me passa uma fita de vídeo. — Vamos ver um filminho pornô, pra relaxar?

A fita não tem identificação, mas pressinto o que deve conter. As imagens são nítidas, profissionais: eu e Karen no quarto de motel nas situações mais ridículas. Como fui cair naquela esparrela? Se a fita vai à imprensa, tô fodido. Mesmo assim tento blefar:

— É uma montagem. Que jornalista digno deste nome vai se interessar por essa baixaria?

Baltazar faz questão:

— Talvez o maridão de uma certa Norma...

Os dois riem de se dobrar. O puxa-saco saboreia o efeito das palavras do chefe e oferece a sobremesa:

— ...Que por sinal assumiu um alto cargo de chefia na *Bocas* de São Paulo.

Aquela revelação me pega de jeito. A *Bocas*, não! Só publica baixaria, coisa suja. Tornou-se o maior fenômeno editorial graças a isso. As pessoas faziam fila de madrugada para esperar a chegada das edições às bancas. Já estava me vendo chafurdando naquelas páginas sujas! O bastardo me passa um envelope pardo:

— Guarde essas fotos de lembrança. Tenho outras.

Ali está impressa, nas cores do arco-íris, toda a minha intimidade com a garota de negro. Explodi:

— Vocês são da CIA, do FBI? Por que querem me destruir???

— Você violou as regras — diz o *capo*.

— Que regras? Me ensina as regras! Me ensina o pulo-do-gato!

Baltazar olha pra mim. Colaborou com a ditadura, cresceu à sombra. É quase paternalista:

— Você envelheceu, Roman. Os tempos são outros. O público quer algo mais leve e sutil. Poesia, por exemplo.

— Poesia? Não é possível. Vocês estão de sacanagem, não é?!

O velho veado contrai os glúteos:

— Agora temos assuntos a tratar, só eu e meu assessor. Você sai com uma mão na frente e outra atrás. Não perca tempo procurando o sindicato: eles já foram informados de que você não tem diploma, Roman — ou devo chamá-lo pelo verdadeiro nome?

Caminhei com dificuldade os 500 metros da agência até meu carro. Ser demitido daquela maneira! Estava sem dinheiro, sem trabalho, sem indenização, sem reputação, e ainda por cima me sentindo um babaca. Fui um otário o tempo todo. Claro! O lance da Karen só podia ter sido mesmo armação! Faz sentido: quem me apresentou a ela? Baltazar! E Norma, a quem dediquei o amor mais profundo? Ah, dói-me o coração! Vocês se lembram como a conheci, na festa de lançamento daquele perfume barato? Procurava a carteira no Clube da Infantaria. E quem a recuperou? Baltazar! Não queria acreditar que Norma participara daquela armadilha. Era só o que faltava, pra me deixar mais ainda na derrota.

Parei numa banca, tirando casquinha dos jornais pendurados para economizar a grana. Passei a vista nas primeiras páginas. As manchetes, otimistas novamente, anunciavam um radiante tempo de prosperidade, em meio a escândalos públicos de corrupção e tráfico de influência. Há pouco tempo eu brilhava sorridente nessas folhas, e já faz uma eternidade. Até pensei em comprar um exemplar para procurar emprego nos classificados, mas cadê disposição? O peito, oprimido, obrigava-me a andar com defeito, olhando para o solo, envelhecido. Os olhos ardiam de poeira. Eu não tinha passado, presente ou futuro. Encostei num latão de lixo e vomitei a alma!

* * *

* * *

*N*o sanatório comecei a primeira etapa de minha nova vida — a regressão ao nada absoluto. No fundo do poço havia uma voz bem forte, e essa voz tinha luz e nome: a poesia era meu norte.

Aos poucos fui migrando de paciente a voluntária. Dominava o serviço, estabelecia uma trajetória. Todos ali gostavam de mim, e eu me orgulhava de pertencer àquele quadro de gente séria e risonha. Sentir-me útil foi uma experiência extraordinária. E havia os colegas de trabalho. André, estudante de artes plásticas, se sustentava com o salário de auxiliar de escritório. Logo pulou a cerca para dar expediente fora do horário, participando com os loucos da orgia de cores e descobertas que surgiam harmoniosas por trás de nervosas pinceladas de tinta e névoa.

No ateliê de pintura reuniam-se as mais variadas figuras, reveladas na abstração de cada tela:

Rafael partia de débeis traços para atingir alta sofisticação artística. Carlos criava linhas justapostas representando ambição e medo, num crescendo, até imbricarem-se completamente no topo. Rubens navegava em altas e revoltas ondas. Frederico pintava com mãos, pés e coração.

Passavam do abstrato ao figurativo conforme sua instável relação com o mundo real. De vez em quando apelavam à geometria, na tentativa de apreender e enquadrar o universo fragmentado de suas mentes. A concentração, a disciplina e a perseverança faziam parte do tratamento, na busca do equilíbrio.

Eu pintava com eles duas vezes por semana. Mas preferia as imagens escritas. E quando tinha oportunidade, entre uma função e outra, procurava a doutora Nise. Havia um batalhão de pessoas em torno dela, por causa de sua delicada idade. Um recente infortúnio doméstico a obrigara a andar em cadeira de rodas, mas sempre que podia nos abençoava com sua sabedoria e compreensão. Beirava os cem anos, mas sua mente continuava tão lúcida e ativa quanto em 1930. Lia um livro a cada semana, por uma questão de hábito.

Nas horas de crise, a doce senhora tocava na cabeça dos doentes e os acalmava em instantes. Conversávamos sobre gatos e símbolos. Para mim, não havia terapia melhor. A doutora Nise era o espelho que precisávamos para continuar indo adiante.

* * *

* * *

*N*o beco fétido e escuro da minha alma, *cucarachas* passeiam pesadas e calmas pelo espelho da cama. As ratazanas me espreitam com olho gordo. Se tivesse um gato por perto...
    O que fazer agora? Eu, que sempre tergiversei na hora das decisões, estava na última encruzilhada, e o prazo se esgotara, escorrendo pelo esgoto como as malditas baratas.
    Por onde estarão voando as borboletas da juventude? Como pude chegar a esse ponto, descer tão baixo na escala social e moral, comprometer um passado de glórias e grandes feitos, dinheiro a rodo, convívio nas altas rodas, temor e respeito?
    Deito-me no colchão de capim mijado. Uso como travesseiro uma garrafa vazia. Indiferente à gorda barata que me olha assanhadíssima, lembro de tanto passado bom!... As imagens entram em foco, voltam à mente. Depois desaparecem no precipício. Precisão de dormir pela eternidade toda.
    No final daquela tarde em que fui demitido da Heterogênea, segui para casa arrasado, mas nem pude entrar: uma fita de plástico isolava a área. O terreno estava lacrado. Um oficial de justiça, de terno sob o calor, explicou que a hipoteca havia vencido etc. etc., que mandaram aviso etc. etc., que nunca tiveram resposta etc. etc... Pedi pra pegar umas roupas. Fui informado de que meus bens estavam bloqueados e, portanto, não podia pegar porra nenhuma. Solicitei mesmo

assim que liberasse a minha entrada, só pra me despedir do passado. O homem da lei riu com escárnio e triunfo.

Todas as horas, indeciso sobre o que fazer, via e revia naquele cubículo da Praça Mauá os *flashes* da minha triste história. Sorte que o dono do decadente hotel, meio cego, não me reconheceu, senão cobraria dívidas antigas. Minha vida era uma produção B — b de barata. E lá vem a gorda em minha direção. Tiro o sapato velho, um sapato de 500 dólares que já atravessou o mundo da moda, caminhou na Quinta Avenida, perambulou pelos bulevares de Paris a Lisboa, pisou os pés de grandes atrizes em serenatas de amor, chutou bagos de brutamontes em cassinos suspeitos. O sapato preto de fivela dourada explode em cima das baratas, que fogem coléricas, prometendo vingança.

Procurava me posicionar ante a espetacular sucessão de acontecimentos que me atirara do topo à sarjeta mais fria, das nuvens ao fosso, sem escalas. Mas se da pele ao osso pouco me restara, quanto mais espírito crítico!...

* * *

* * *

Uma tarde, nas primeiras semanas de clínica, a doutora Nise aproximou-se em sua cadeira de rodas.

— Como vão os escritos, Anette?

Recolhi envergonhada minhas cartolinas pintadas em letras coloridas, espalhadas pelo chão. A velhinha fitou-me com aquele olhar infantil que só a ternura e o amor podem expressar. Pegou-me as mãos. Dela podia-se dizer que acalmava o universo.

— Eu quero desenhar a senhora.

— Tudo bem, minha filha. Mas não tenha vergonha de desenhar a si mesma. Você é tão linda!

— Essa aqui sou eu. — Mostrei uma flor do deserto, num vaso em que mal se cabia.

— Você vê como ela cresce mesmo com pouca água?

— Essa aqui é a mamãe. — Era uma parede cheia de heras.

— Muito interessante.

— E esse aqui é meu filho. — Agora mostrava uma cartolina em branco.

— Por que ele é tão branco?

Rimos juntas, o que não acontecia comigo havia mil dias. Ela contou casos antigos e me alertou: "É preciso não descascar os símbolos, pois os símbolos não são cebolas."

A doutora Nise seguiu seu caminho, ajudada por uma enfermeira. Então escrevi em letras trêmulas na folha em branco: "Eu".

* * *

* * *

Dirigia o conversível, único bem que me restara, quando começou a chover. Tentei fechar a capota, mas estava com defeito. A chuva e o trânsito pioraram simultaneamente, como se fossem irmãos siameses. A enxurrada às costas. E ainda por cima teria que passar em duas agências, a ver um varejão ou outro para salvar a lavoura. Já topava fazer qualquer negócio, até mesmo vídeo pornô, como no início de carreira.

Nunca tinha visto tantos *outdoors* nas ruas. Era um absurdo a Prefeitura permitir aquilo. Havia mendigos e desempregados por todos os lados. Homens, mulheres e crianças, escória à margem da história, jogados como vira-latas debaixo dos viadutos. São os párias da nova ordem econômica mundial, sombra que justifica as estatísticas e o emprego dos economistas.

A chuva aperta mais, e os carros param de vez. À frente não vejo quase nada. O limpador do pára-brisa está quebrado, e não tive grana para consertá-lo. Troncos e galhos e todo tipo de lixo descem o caudaloso rio que passa ao lado do conversível. Como resumiriam os telejornais da noite, mais um dia de "caos e destruição" no Rio de Janeiro. Alguém grita, tentando se comunicar com uma pessoa do outro lado da rua, mas só se ouve o palavrório de Deus.

E Anette? Que onda estará surfando nesta tempestade?

De repente cai a energia elétrica e tudo escurece. Relâmpagos e trovões anunciam o fim do mundo. Tento costurar os próximos passos, em que pese a condição crítica em que me encontro. Meu projeto é pegar a Voluntários da Pátria, depois a Guilhermina Guinle, e chegar à MR Comunicações, onde pretendo encontrar o Rocha, o gordo escroto que andou me patolando. O Alfredo também me prometera alguma coisa na XX Propaganda. Eu não gosto dele, mas o filho da puta gosta de mim.

Tudo parado, bate aquele desespero. Buzino a plenos pulmões, um lamento de dor abafado pelo barulho do temporal. As ruas estão com água até o joelho. Meus pés, encharcados, ficam enrijecidos. Finalmente os carros se movimentam, como numa corrida de cágados. Dou uma acelerada. Mas o conversível arrega, engasga, afoga. O painel se apaga. O sistema elétrico foi pro brejo. Só me faltava essa: no momento mais crítico da vida, meu fiel companheiro perde as forças, meu cavalo de todas as batalhas entrega os pontos...

Saio do automóvel e peço ajuda aos outros motoristas, acenando com uma nota de um real. Eles nem se dão ao trabalho de abrir a janela. Talvez a quantia não esteja à altura do serviço. A chuva inflaciona o mercado. Tiro dez reais da carteira e agito a cédula no ar com mais vigor, espanando os grossos pingos d'água que encharcam a cédula. Alguém me acerta com os restos de uma maçã. Quanta solidariedade!

Guardo o dinheiro no bolso da camisa e decido caminhar no ventre da tempestade. Fodido, fodido e meio. Nas lojas, nas janelas das casas e nas ruas, a decoração de Natal se desmancha, prematura. Àquela hora, duvido que encontre alguma oficina mecânica aberta. Mas tenho que tentar. Vou vencendo os obstáculos até um posto de gasolina. O mecânico de plantão recusa-se a vir comigo. Quer que eu confira antes se não é falta de combustível. Como a fama é passageira! Este insolente deve ter me visto uma dezena de vezes na TV, e nem se lembra de mim. Decidido a não apostar meus últimos caraminguás numa hipótese, pego sozinho o caminho de volta.

Então tenho uma idéia genial: é só empurrar o automóvel até a calçada e vendê-lo na manhã seguinte. Simples. Me livro do problema e descolo uma grana. Como não pensei nisso antes? Novamente me sinto o grande Roman, lúcido, esperto e criativo!

Mas qual! Nem sinal do conversível! Ando para cima e para baixo e não o encontro. Como pode ter sumido? Agora mesmo é que estou na pior!

Não me importo com a roupa molhada, os ossos doendo de frio, a solidão hostil que se apossa da minha alma. Para mim, acabou. Nada mais faz sentido. Fui nocauteado por uma sucessão de *jabs*, diretos e cruzados. Mas não há mal que não possa ficar ainda pior.

Houve um relâmpago, depois um trovão de mil decibéis, e a cidade apagou, prenunciando o caos total. Durante um tempo que não saberia medir, andei sem rumo pelas ruas enlameadas do Humaitá. Tarde da noite, tudo escuro, as lanchonetes fechadas, bateu uma puta fome.

Chorei como um menino. As grossas lágrimas de Deus se uniram às minhas, trazendo uma incrível sensação de bem-estar. Recostei-me como pude numa caçamba de lixo, prestes a rezar. Foi quando vi a sombra se movendo como um ratinho atrás de comida. Era a pretinha que Anette não quisera adotar. Tinha crescido alguns centímetros, mas ainda usava a mesma camisa rasgada do Mengão.

Me senti sinceramente envergonhado por tudo que a fizera passar. Disse, com a voz sufocada:

— Oi, pequenina, você não sabe de um canto onde eu possa ficar quietinho por uma noite, só essa noite, que tô confuso e apertado igual a um parafuso?

A menina abriu seus imensos olhos e puxou-me pela mão. Caminhamos alguns metros até uma calçada alta, debaixo de ampla marquise, onde cerca de 20 pessoas se apertavam, a salvo da enchente, as cobertas encardidas jogadas no chão sujo. Achei natural estar entre aleijados, bêbados, pagãos, criaturas disformes, tão maltratadas e maltrapilhas quanto a minha alma naquele instante. A família da garotinha, acampada à porta de um açougue, era mais um produto da sociedade de consumo: bichos humanos que se alimentam de lixo. A mulher ali sentada, fedendo e fumando cachimbo, gorda como as baratas que eu esmagara, parecia a chefe da gangue.

— Boa noite, com licença... — Bati o pé para sacudir a sujeira, antes de entrar naquele imaginário lar.

Ninguém prestou atenção em mim. Não sabia o que dizer, então desengomei um papo furado:

— Belo ponto vocês possuem aqui! — Apontei para um cartaz meio destruído. — E esse pôster caiu muito bem na parede. Parabéns!

Um débil mental babou no meu braço. Dois rapazes, chumbados à beça, cuspiam sangue de vez em quando. Alguém vomitara por perto, piorando o mau cheiro. Aos poucos, fui me acostumando. O ser humano a tudo se adapta.

Um dos nativos passou-me a garrafa de pinga. Detive-me um pouco na figura: ali dentro, por trás daqueles farrapos, havia mais farrapo ainda, de modo que não se distinguia onde terminava a roupa e começava o corpo. Sem pestanejar, para provar que era digno quem sabe até de liderar aquela tribo, limpei o gargalo com a borda da camisa e entornei uma poderosa talagada. Num segundo estava zonzo. Aqueles caras faziam uma azeitada mistura de álcool e metanol!

A gorda tinha os olhos fixos em meu relógio.

— Gostou? É seu. E vocês aí, estão com frio? Vou jogar o paletó. É de quem voar primeiro! E quem quer minha gravata?!

O que eu tanto celebrava? Enfim, a liberdade! Livre da vida civil, livre dos compromissos sociais, livre dos impostos e da burocracia do Estado, livre dos vizinhos e dos colegas de trabalho, livre dos bancos e dos cartões de crédito, livre da máquina de moer ossos e sonhos, livre da sociedade de consumo. Dei meus queridos óculos de lentes especiais para um cego, o aparelho celular — que não funcionava havia um tempão por falta de pagamento — para um surdo-mudo, a agenda eletrônica para a pretinha, e assim me libertei também da ditadura tecnológica.

A pretinha estalou um beijo molhado cuja doçura ainda sinto na face. Ninguém disse um obrigado, nem era necessário. Eu é que deveria estar agradecido pelo privilégio de conviver com aqueles peregrinos de beira de calçada. Gente que não precisa de muito para viver: vez por outra um prato de comida; de resto, pernas pro ar. Sentia-me perfeitamente integrado a estes miseráveis que aceitam a vida com alegria, ao largo da pressa e da necessidade. Sobrevivem de promessa, morrem de pressão alta. São tantos que em breve estarão acampando nos *shoppings*, por falta de espaço.

A bebida provoca-me visões repentinas, *flashes* delirantes. Num deles, Deus olha-me com ternura e diz: "Roman, você está sendo humilde e generoso com o meu povo, e merece ser recompensado! O que prefere: uma casa de veraneio, um carro do ano ou um aparelho de barbear? Ha, ha, ha!..." Reconheço meus olhos na gargalhada daquele Deus, e o que vejo no espelho é um impostor!

Estava morto de fome. Nem me lembrava mais quando tinha feito a última refeição decente. A gorda me olha:

— Ô xente! Vote cobra! Pobre, nem barraco pode. Até rua recusa. Esse aqui: mecânico. Aquele ali: pedreiro. Acolá: cobrador de lotação. Sem chão, vai pro buraco. Quero mais é ilusão. Ê!

A gorda toma outro gole gigantesco da aguardente caseira. Dentro dela cabe uma Baía de Guanabara, com tudo dentro. De repente, me dou conta de tudo o que perdi: cartões de crédito, casa, mulheres, bebidas finas. O conforto da civilização escorrera sob meus pés, de uma hora pra outra. Era como se todo o meu passado fosse um sonho, e só agora começasse a viver a realidade, começando do zero.

Uma gororoba, servida num prato improvisado com a tampa da lata de lixo, começa a rodar de mão em mão: restos de *pizza*, banha de picanha, arroz de açafrão, ervilhas velhas, batatas cozidas, os ossos de uma rabada, agrião. Antes de comer, a gorda puxa uma oração ao Senhor, naquela linguagem obscurecida. Mas todos já se atracam a pedaços de frango e restos de torresmo. As crianças tomam iogurtes com prazo de validade vencido. Também me sirvo do prato coletivo com as mãos e me sinto recompensado por estar vivo, recordando os pobres dias de infância, quando só podia passar manteiga de um lado do pão. O estresse dos últimos dias quase acabara comigo. Mas agora eu tinha de onde recomeçar.

Depois da refeição, o corpo recomposto de energias, cada um se recolhe à sua sombra. Adormeço com idéias malucas, deitado em folhas de jornal. No meu sonho vejo um velho no guichê do banco, contando e recontando as cédulas ordinárias e vergonhosas de sua aposentadoria. Passa os dedos pelas estampas, acaricia as notas. Conta atentamente o dinheirinho, como se fosse toda a fortuna do mundo. Aquele velho era eu, ou melhor, o homem que eu, naquele momento, tanto almejava ser, num futuro improvável. Entram dois caras suspeitos na agência bancária do sonho. Vêm direto falar comigo. Tento esconder o dinheiro, mas eles olham fixamente para minhas mãos. Agora os reconheço. Os irmãos Agenor e Amaro: "A gente morreu por tua causa." Não, não façam assim comigo! Ainda somos amigos, lembram?! "A gente morreu por tua causa", os dois repetem em uníssono. A mulher que está à minha frente na fila entra no coro: "A gente morreu por tua causa", e era Lídia, a filha da dona Dindinha, que eu comi e encaminhei à pista. O segurança da agência bancária vira-se e mostra a face do amigo morto numa briga de rua da qual eu fugi sem olhar para trás. A pequena multidão avança ameaçadora. Atiro o maço de notas pra cima deles. Os mortos-vivos continuam avançando. As paredes desmoronam e tudo escurece pesadamente. Sinto um líquido quente nas pernas. Acordo com um gato preto mijando em cima de mim.

Malditos gatos, sempre eles! O bichano sai fugido, pulando muros e telhados, até desaparecer de vista. Levanto-me chumbado e grogue, e caio dentro do açougue em frente. O dono me expulsa a pontapés.

O sol esquentara as ruas, transformando a chuva da noite passada em sólidas montanhas de lixo. Ainda bem que ninguém tinha me visto curtindo aquela de mendigo. Era como acordar numa cidade desconhecida.

* * *

* * *

Três vezes por semana, no final da tarde, a gente se encontrava no pátio para conversar e expor sentimentos e idéias. Enquanto a maioria expressava seus temores interiores através da pintura (em geral abstrata), eu tentava estruturar meus alicerces na poesia. Ali revelei meus primeiros textos, pássaros sem rumo com ramos no bico, exercícios do calabouço.

Nessas rodas conheci figuras extraordinárias.

Lúcia sofria de anorexia nervosa. Fora atriz de sucesso, e não resistira ao primeiro baque do ostracismo. Pesava 40 quilos. Passava uma semana se tratando, ganhava peso e depois desaparecia. Dali a alguns meses estava de volta um pouco mais magra do que a vez anterior, e assim sucessivamente. Morreu em silêncio. O coração não agüentou o ritmo.

Fernando passara toda a vida em manicômios e hospícios. Estava já com 80 anos, e sua obra era reconhecida no mundo inteiro. Seus quadros, pintados furiosamente, tentavam recapturar naquelas formas o tempo perdido. De fato, chegava a criar dezenas de desenhos por dia, e sua vasta produção era motivo de felicidade e encantamento para todos nós.

Gilmar era mau, esquizo em último grau. Matou o médico que o tratava. Sua fantasmagórica sombra vagava pelos cantos, espessa, arredia. Sua presença inquietava-nos. Tinha passado uma temporada na cadeia. Chegara à clínica inteiramente desenganado. Dias mais tarde, a doutora veio visitá-lo. A conversa provocou uma reviravolta no comportamento dele. Passou a buscar o convívio dos colegas. No ateliê, caricaturava as pessoas em bonecos e máscaras, que depois oferecia de presente. Gilmar não sabia chorar. Até que um dia alguém lhe ofereceu uma flor.

Maria do Céu cantava para as nuvens. Quando o santo baixava, milagrosamente as palavras que vinham à sua boca faziam o ar entrar em combustão. A música de seus lábios elevava-se às alturas. Era negra, gorda e bochechuda. Nos olhos, uma tristeza quilométrica de quem viu tudo na vida, embora fosse jovem como uma chuva fina. Rosa me explicou: chamava-se Maria do Céu porque todas as crianças abandonadas ganhavam este sobrenome no Juizado de Menores.

Agora eu também sou do Céu, Anette do Céu, muito prazer, estou viva!

* * *

* * *

O clima estava maluco. No dia seguinte ao temporal fazia 40 graus à sombra. O calor demolia de vez os meus ânimos. Sentia dor de cabeça e dor de barriga. Fui a três ou quatro bares para aliviar os restos da noite anterior. Vomitei também, e melhorei bastante. Rodei a esmo ali mesmo pelo Humaitá, até parar num boteco sórdido e pegajoso. Pedi, com as forças que me restavam:

— Sai um sanduba de carne assada!

A moça do outro lado do balcão voltou-se visivelmente contrariada. Pertencia à classe média empobrecida. Em outros tempos estaria fazendo uma inútil faculdade, em vez de desempenhar função tão baixa no caixa do pé-sujo. Ela me olhou com asco, sem disfarçar o aborrecimento causado pelo mau cheiro que eu exalava. Tinha uma voz irritante:

— Só pagando adiantado, OK?

— Olha aqui, menina. — Esfreguei a cédula de dez em sua cara. — Capricha. Quem sabe não te deixo uma gruja...

Ela pegou o dinheiro de má vontade e o colocou no bolso do avental. Nisso entrou outro cara, bem-vestido, boa-pinta, apressado. Era o Marlon, da Agência Noctívaga, um dândi bundão e escroto a quem uma vez eu cometera o deslize de dar a grande chance. Ele tinha deixado o Pajero em frente à loja, com o alerta ligado. Para não ser visto naquela deplorável situação, fiquei de costas, admirando na parede o cartaz de prêmios de uma marca de refrigerantes.

— Me dá um maço de cigarros! — pediu o almofadinha.
Vi com o rabo dos olhos que a garota olhava para o cliente cheia de interesse. Marlon pegou o maço, deu um sorriso de gorjeta e saiu do bar. Um gordo guarda ajudava a desviar o trânsito por causa do Pajero. Voltei à baila, irritado:
— E o meu sanduíche, vai demorar muito?!
— Você de novo? Já falei, só se pagar adiantado, *darling*.
— Peraí! Meus dez reais estão aí, no seu bolso!
— Não mesmo! — tirou do bolso a cédula. — Essa nota foi aquele cara lindo que me deu.
— Quem você pensa que eu sou?
— Deixa eu tentar adivinhar: um molambo ambulante? Ha, ha, ha!
Ao rir, a balconista levou a mão à boca, cobrindo a falta de um canino. Caramba, eu sabia quem era aquela garota! De repente ela estacou, me reconhecendo também, apesar da barba e da sujeira que cobria meu corpo:
— *Oh, my God!*...
Me transportei direto a uma noite perdida no Bamba Boom. Sem a touca branca na cabeça, a balconista era igualzinha à Adelaide, a professora de inglês que eu *in* e depois *out*. Ainda ressentida por ter sido desprezada naquela vulgar aventura, ela resolveu se vingar com todas as forças. Correu pra fora da loja, pedindo socorro. Eu fui atrás:
— Pára com isso, Adelaide! E meu sanduba?! E meu dinheiro?!
O guarda veio ver o balaco. Antes que alguém abrisse a boca, ele me imprensou num canto do boteco com sua enorme pança:

— Esse vagabundo tá te amolando, doçura?
— Como "vagabundo"? Adelaide, diz pra ele que me conhece!

A safada mordeu os lábios, saboreando cada gota do próprio veneno:

— *Fuck you, man!* Prende esse cara, seu guarda. Tava tentando roubar um pacote de salgadinho!

O guarda me deu um soco no estômago, e depois uma cabeçada no nariz. O sangue começou a jorrar como um chafariz. O filho da mãe me empurrou pela porta e quase fui atropelado por uma ambulância que passava em alta velocidade. Os pedestres fingiam que nada estava acontecendo. Este era o estado moral do meu país, para o qual eu tinha contribuído generosamente com boas doses de cinismo.

Restara uma cédula, amassada na mão. Mas o que fazer com um real? Comprar um pastel de ilusão?

* * *

* * *

 Tio Albert era sovina como ele só, mas gostava de posar de generoso. Mandava algum dinheiro pra mim lá na clínica. Eu recebia um pequeno salário pelo trabalho com os doentes, e assim ia levando a vida. Vender o apartamento de Copacabana passou a ser prioridade. Tinha vencido a fase mais difícil, galgado os primeiros degraus da minha nova existência, estava pronta para outros vôos no andar de cima.

 Uma vez por semana íamos ao cinema, com dois ou três internos, dependendo do estado de cada um. André, minha companhia mais constante, oferecia sorvetes e bombons, visivelmente apaixonado. Mas era muito cedo para qualquer envolvimento. Precisava resolver questões básicas da vida: moradia, trabalho, situação civil. Pois se ainda estava casada! Nunca mais tinha tido notícias de Roman. Este passado não mais me pertencia. Soube que a casa em que morávamos foi leiloada e transformada em escola. Quando saísse da clínica, pretendia ficar um tempo no apê de tio Albert, em Ipanema. Era o ipê da família em extinção. Moraria em qualquer lugar, menos na propriedade de Friburgo, repleta de fantasmas. Lá eu não queria botar os pés de jeito nenhum.

 Tinha decidido cuidar da mamãe, até onde fosse possível. Me sentia culpada por abandoná-la no mato, à mercê de tantas sombras infrutíferas, durante todos aqueles outonos. Meu tio, que começara a tratar da venda do sítio, foi buscá-la um dia.

Ela chegou desconfiada, mas logo percebeu em meu gesto o último fio de esperança. A ele agarrou-se como um bicho-da-seda. Continuava dissociada da realidade, tendo alucinações ligeiras como varejeiras de quintal, mas estava calma, o que tranqüilizava minha consciência. Aos poucos foi aceitando a idéia da morte de papai; cumpria a legislação do luto, com direito às exéquias de praxe.

Ganhei um ânimo redobrado para tudo. O dinheiro da venda do apartamento de Copacabana e do sítio permitiu-me reorganizar a vida financeira. Quanto às coisas do coração...

* * *

* * *

Andei, andei, andei, andei, andei, como na música do Quinteto Violado. Desci no leito da multidão, que entupia a Buenos Aires. Estava agora na Central do Brasil. Ver aqueles pastéis de vento boiando no óleo velho, pensar em comida me fez lembrar da minha doce, terna e dedicada mãe, lavando e passando pra custear os estudos dos filhos. Pela primeira vez em muitos verões senti saudade da família: mamãe, séria e calada; meu pai, durão, durango, mas sempre na luta; meus irmãos, leais e solidários. Depois que papai jogou dez no veado, mamãe assumiu de vez o comando. Decidia a rotina interna da casa, a nossa vida intra-uterina, nunca permitindo a desagregação. Só falhou comigo.

Às cegas, cheguei à rodoviária dos ônibus intermunicipais. Para onde a memória me levava? Meus irmãos me receberiam de braços abertos ou com pedras na mão? Desde que saíra de casa, ainda adolescente, nunca mais tivera notícia dos parentes. Nem me lembrava do nome de todos, mas caguei: éramos sangue do mesmo sangue, haviam de aceitar-me numa boa e, afinal, seria como se nem mesmo um dia houvesse voado de nossas vidas. Pronto: o bom filho à casa torna.

No ônibus contei uma história triste e comprida pra não pagar a passagem. O cobrador me liberou, depois de constatar o lastimável estado em que me encontrava. Só mandou que eu ficasse lá atrás mesmo, por causa da catinga. Viajei em pé durante todo o trajeto. O buzum enchia a cada ponto. Pelo menos ali me sentia entre iguais, ninguém me rejeitava, apesar do mau cheiro. Havia quanto tempo aqueles pobres coitados não almoçavam uma refeição decente, não tomavam um banho em águas dignas? O fedor das minhas roupas confundia-se com o cheiro de podre do mangue assoreado ao longo da Avenida Brasil. Como outros, acabei cochilando em pé, agarrado ao encosto de um banco.

Saltei no centro de Duque de Caxias e caminhei até a velha rodoviária. Dali saíam as linhas para o interior do município. O calor tornou-se quase táctil, de tão pesado. Peguei um buzum que passava por Copacabana, bairro de Lindalva, que cansara de me esperar; e pela Vila São Luiz, onde beijei pela primeira vez o sonho de ser feliz. À medida que o velho ônibus avançava, parando em vários pontos para deixar os passageiros, ia recordando uma fábrica aqui, um rio morto acolá. Passei pelo valão onde certa ocasião caíra de bêbado. As ruas, apesar de asfaltadas, abriam-se em crateras. As calçadas estavam sujas como pia de solteiro às segundas-feiras. O campinho onde eu fora campeão pelo Estrelinha F.C. dava lugar a um matagal de cansanção e tiririca, um tipo de capim usado pela gente mais pobre como forro de teto pra ferrar com os morcegos. Cortavam como navalha, quando íamos buscar a bola fora do campo.

Me sinto arrependido de estar aqui. Não sei da minha mãe, dos meus irmãos; papai, como já disse, não agüentou o rojão e caiu fora. Foi o que eu fiz, logo depois. Disse que ia trazê-lo de volta. Imagine! Se o velho seguisse para o norte eu, com certeza, tomaria o sul. Viver é escolher caminhos.

Puxo a cigarra, e o motorista pára além do ponto. Quando criança, os caras eram mais gentis, nos deixavam na porta de casa. Olho em volta. O bairro está tomado de fábricas de móveis e serrarias. Mesmo a barreira onde brincávamos não existe mais; deu lugar a um depósito de bebidas. Era ali que sonhávamos nossas aventuras, escondendo-nos nas cavernas que as máquinas cavavam para abastecer os caminhões clandestinos que vez por outra apareciam. Um dia um menino ficou soterrado quatro horas, e o local foi interditado para as crianças. Os caminhões continuaram seu trabalho, até a última pá de barro. Ali já não moram dona Joaninha, dona Tânia, seu Tião. Mas a casa da infância, construída por meu pai com as próprias mãos, ainda se ergue forte e segura — apesar da pintura gasta e das ervas daninhas.

O portão caído de lado, cheio de ferrugem, dificultou a passagem. Pulei a cerca baixa de arame farpado e estacas apodrecidas. Aquele vastíssimo quintal da infância agora me parecia do tamanho de uma caixa de fósforos. Caminhei pelo oitão, acarpetado de capim. O pé de jamelão fora tombado, restando no ar que sua copa ocupara uma aura de solidão e amargura. Segui até os fundos, na ânsia de ver a minha infância de mangueiras, goiabeiras, bananeiras, abacateiros, o pé de romã, de mata-fome, de coquinho-de-catarro. Mas no lugar das árvores havia uma sucessão de chiqueiros, e porcos grunhindo, e no meio deles uma velha suja e desgrenhada, com um pente enorme cravado no cabelo crespo e uma expressão de ódio no rosto lavrado pelo tempo. Corri para ela:

— Minha mãe! Mamãe!

A velha voltou-se contrariada. Limpou a lama do rosto com as costas da mão, pintando uma cruz grosseira na testa.
— Ô xente! Vote cobra! Cai fora! Ê!
Estaquei, o coração partido em dúvidas. Seria mesmo mamãe? Meu Deus, como pode um filho não reconhecer a própria mãe? Saí correndo, desesperado, e minha vergonha crescia à medida que alcançava a rua. Parei no portão, perdido novamente na infância, à espera do lotação para ir à escola. Mas passou foi um caminhão de entrega de móveis, despejando fuligem em meus olhos. O sol pesado na cabeça. Sentei-me na lama ressecada à beira da rua, como fizera tantas vezes quando pequeno, e chorei lágrimas secas de poeira e desespero.

* * *

* * *

Rosa, a boa amiga, também resolvera dar uma virada. O casamento ia bem, os filhos também, mas o trabalho, não. Achava, com toda razão, que já podia encerrar sua cota de sacrifício social. Depois de tanto ralar, dando aula o dia inteiro aqui e ali, queria ganhar dinheiro de verdade, emancipar-se. Eu era grata a Rosa por ter me ajudado quando estava na sarjeta. Era a minha vez de dar o troco. Resolvemos selar uma parceria, pois a mim também interessava trilhar um novo caminho, qualquer que fosse.

Pensamos em várias alternativas. Eu era a sonhadora: queria trabalhar com antigüidades, artesanato, abrir uma casa de chá ou uma editora de livros de poesia. Rosa, mais sensata e objetiva, preferia um bar, uma pequena confecção, um salão de beleza.

Ficamos no meio-termo: um restaurante estilo início do século, com móveis antigos, onde poderíamos promover espetáculos, performances e exposições. Rosa cuidaria da cozinha, do atendimento e da contabilidade; eu, do fornecimento e da programação do nosso espaço cultural. Só faltava batizar o empreendimento. E quando ela sugeriu "Café do Affecto", me pareceu bastante apropriado. Podia nem durar muito, mas era um primeiro passo.

Juntamos o dinheiro que tínhamos e fomos à luta.

Por essa época, envolvida com a montagem do restaurante, mal tinha tempo de me olhar no espelho. Me sentia diferente, de corpo e alma. Era quase outra pessoa. Mudou até a cor dos olhos, de azul-desespero para verde-alegria. Os cabelos também arrefeceram a volúpia, andavam quietos, lisos. A boca, os braços, as mãos: todo meu ser pulsava de vontade própria. Era dona do meu destino, dona do meu nariz. Era Mulher.

No imóvel que o Café do Affecto passaria a ocupar funcionava antes o Venus, fechado por denúncias de prostituição juvenil. Os amigos da clínica ajudaram a moldar o novo ambiente, decorando-o de quadros, arabescos e rabiscos.

Mas de vez em quando me assombrava a sensação de estar faltando alguma coisa. O fantasma de Roman atravessava as portas do meu coração, causando-me sobressaltos. Tinha que zerar o passado. Assim, no dia da inauguração do restaurante, peguei o carro e fui à Marina da Glória, berço do nosso amor. Devia essa visita a mim mesma. Precisava respirar as cinzas da minha vida anterior, antes de partir para sempre.

Divisei, entre os barcos, aquele que um dia nos embalou em sonhos. Shakti balançava levemente, provocando reflexos azuis na água oleada. Revivi naquelas formas espelhadas nosso primeiro encontro, suas mãos em meu joelho, meus cabelos entre seus dedos, sua língua esmiuçando o céu da minha existência. A memória filtra os piores momentos, deixando só as boas recordações.

Um pouco à frente, no metro quadrado que já foi nosso universo, um melancólico mendigo curte a sua triste condição. Vejo-o de longe, sujo e sórdido, fedido e fodido. Também parece banhado em lembranças.

Um vento de saudade balança meu vestido. A essa altura, onde andarás, Roman? Eu, que já tive tanto a te dizer, desejo apenas boa sorte. É pouco, para quem tem muito. É muito, para quem nada tem.

Pego o rumo de casa. Preciso me preparar para a grande noite de inauguração do Café do Affecto. Afinal, também estarei lançando meu primeiro livro de poesia, editado e publicado com a ajuda dos amigos da clínica. A chuva dos últimos dias arrasou a decoração de fim de ano. Vários operários trabalham duro para restaurar os painéis gigantescos com imagens de modelos, atores e atrizes em trajes de Papai Noel. É o último Natal do milênio, e, apesar da crise, a propaganda garante que temos muito o que comemorar.

Mamãe tira um cochilo. Desligo a TV e tomo uma chuveirada. O banho restaura minhas forças. Ouço música clássica enquanto escolho a roupa que vou usar na festa. Quando saio, minha mãe ainda dorme. Coloco uma coberta sobre suas pernas, tranco bem a porta, parto sem remorso ou culpa. Ela agora toma remédios adequados e dispõe de assistência.

O grande movimento à porta do Café me leva a estacionar uns cem metros adiante. Estou um pouco atrasada, mas ninguém se incomodará com isso. Entro no recinto sob uma chuva de aplausos. Explodem flashes, brilham pérolas e sorrisos. Alguns dos convivas eu conheço de outros comes & bebes, no tempo em que papavicavam meu marido. Corro os olhos pelo ambiente, na vã esperança de vê-lo impor-se porta adentro. O que Roman diria ao me ver assim, senhora de mim, inteira e tranqüila?

Poderíamos ainda ser felizes de verdade, se Deus nos desse uma nova chance. Enquanto isso, viveria meus dias, um após outro, degustando-os como finas iguarias. Felicidade é paz de espírito.

* * *

* * *

Quando percebi tinha chegado à Marina, palco de tantas glórias. Nem sabia se o que estava acontecendo comigo estava mesmo acontecendo ou se era alucinação. E se fosse, em que ponto começara? Perturbado e triste, caminhei até aquele ponto do Universo onde beijei Anette pela primeira vez, os barcos desenhando sinuosos traços azuis nas águas escuras.

Como deixei escapar a oportunidade de realizar plenamente o que aquela paisagem anunciava em minha vida? Como cheguei a esse estado extremo de penúria física, mental e espiritual? Falhei em todas as trincheiras, e não vejo salvação possível. Não deveria nem estar fazendo planos — vacilei onde não podia, cometi todos os erros.

O mar, cansado de ressacas anteriores, dá sossego ao cais. As águas... De onde vêm, para onde vão, quem se importa com a solidão dos barcos? As marolas batem fraquinhas, como o meu coração. Lágrimas vêm de novo, em balbúrdia. Primeiro doídas, depois num jorro. Pode ser que alguém me veja chorando. Pouco importa.

Limpo o rosto com as costas das mãos. Saio caminhando na direção do cais. Minha vontade é atirar-me na água e morrer de vez. Cumprimento alguns funcionários da Marina. Devem achar que sou um milionário excêntrico, sujo e esfarrapado, por isso me deixam circular. Aqui eu tive o respeito de todos, me sentia em casa, entre meus pares.

Vejo *Shakti* — a minha *Shakti* — rebolando suavemente suas formas num tapete de raios de sol. Um marinheiro leva combustível e víveres para o convés. Trabalha sozinho e de mau humor. Quando termina a tarefa, senta-se à sombra de um paredão pra tirar uma soneca. Então faz-se a luz!

A alegria é tanta que mal cabe no peito; escapa como gaivota, voando alto, e arremete contra o espelho das águas, partindo-o em mil fragmentos.

Em silêncio, para não acordar o marujo, equilibro-me na prancha, pulo para o tombadilho, desço as escadas, entro na cabine. Vamos navegar juntos, eu e *Shakti*, amada e bela musa. Partirei numa jornada só de ida, para onde as águas me levarem, atravessando meus invernos interiores. E esta era a luz: o que eu tanto buscara no mundo estava ancorado em algum porto dentro de mim. Era para lá que eu partia, na corrente sangüínea do tempo, sem bússolas, amarras ou âncoras, em busca do ouro do conhecimento, do elixir da juventude, da paz do espírito.

Não, não tenho lido jornais, não vejo televisão, não sei das novidades. Novo é o desconhecido, seja passado remoto ou futuro recente. Em terra não tinha mais nada — dignidade, fogo ou raiz. Amei Anette feito bicho. Como o pássaro ama o peixe, como a abelha ama o pólen. Se Anette me amou? Não importa mais: o cristal virou lixo.

Ligo os motores, levanto âncoras e dou partida no motor. Adeus, árvores e edifícios que por tantos anos se submeteram a meus caprichos e vaidades! Vou para qualquer terra estranha, prisioneiro das nuvens, submerso em pensamentos que os ventos se encarregarão de dissipar. Vou na direção do novo sol que sinto nascendo em meu coração. Prestei contas a Deus e ao diabo, fiquei nu, em silêncio, dentro da solidão. A serpente do Eterno move-se no mar, ao comprido, e o Tempo, agora, é meu aliado.

* * *

Papel
Chamois
A arte de ler

Este livro foi composto na tipologia Benhard
Modern em corpo 12/16 e impresso em papel
Chamois Fine 80g/m² no Sistema Cameron da
Divisão Gráfica da Distribuidora Record.

Seja um Leitor Preferencial Record
e receba informações sobre nossos lançamentos.
Escreva para
RP Record
Caixa Postal 23.052
Rio de Janeiro, RJ – CEP 20922-970
dando seu nome e endereço
e tenha acesso a nossas ofertas especiais.

Válido somente no Brasil.

Ou visite a nossa *home page*:
http://www.record.com.br